DER LETZTE MENSCH

HEITERE VERSE

VON

EUGEN ROTH

CARL HANSER MÜNCHEN

ISBN 3-446-11266-9
265.–272. Tausend 1993

Gesamtherstellung: Kösel, Kempten
Printed in Germany

Ein Mensch, der sich zwar selber sagt,
Daß Altersweisheit nicht gefragt,
Läßt trotzdem noch einmal was drucken
Und hofft, die Welt wird es schon schlucken.

Der Hilfsbereite

Ein Mensch, auf seinem Weg, dem raschen,
Sieht auf der Fahrbahn eine Flaschen,
Die dort ein Unmensch unbekümmert
Hat liegen lassen, wüst zertrümmert.
Der Mensch, bedenkend, daß die Scherben
Leicht Radlern würden zum Verderben,
Will, Nächstenpflicht nicht zu versäumen,
Die Splitter still beiseite räumen.
Es war auch höchste Zeit zur Tat,
Denn siehe da, ein Radler naht
Und fährt, mißdeutend das Geschrei
Des guten Menschen, stramm vorbei.
Dem Schlauch entfährt mit Knall die Luft.
„Ha!" schreit der Radler, „wart, Du Schuft,
Du Idiot, Dich will ich heißen,
Glasscherben auf die Fahrbahn schmeißen!"
Und eh den Sachverhalt er zeigt,
Fühlt sich der Mensch schon ohrgefeigt.
Der Mensch, im weitern Lebenslauf,
Hob nie mehr fremde Scherben auf.

Störung

Ein Mensch, bereit, mit seinem Witze
Zu münden in die Bleistiftspitze,
Wird jäh im Schreiben unterbrochen:
Ein Unmensch hat ihn fernbesprochen
Und teilt ihm höchst verdrossen mit,
Er wolle eigentlich Herrn Schmitt.
Der Mensch, von Ärger nicht ganz frei,
Erklärt ihm, daß er der nicht sei,
Worauf der Unmensch, tief beleidigt,
Daß richtig er gewählt, beeidigt;
Nun sammelt unser Mensch erneut,
Was an Gedanken liegt zerstreut.
Rasch muß die Fantasie versiegen –
Es schrillt: „Ist hier Herr Schmitt zu kriegen?"
Der Mensch hängt zornig-wortlos ein:
Aha, das muß die Leitung sein!
Zu stopfen die Empörungsquelle,
Der Mensch ruft die Entstörungsstelle.
Doch nichts kommt, als „Halloh!" und „Ja!?"
Und dann: „Ist Schmitt jetzt endlich da?"
Der Mensch war an dem Vormittage
Zu dichten nicht mehr in der Lage.

Der Fürsprech

Ein Mensch, von einem Freund gebeten,
Wenn möglich, für ihn einzutreten,
Erklärt in prahlerischem Mut,
Er kenn den hohen Herrn recht gut,
Und nur ein Wink von ihm genüge,
Daß alles sich zum Besten füge.
Doch jetzt, wos gilt, daß ers verfecht,
Kennt er den hohen Herrn recht schlecht.
Gemahnt, befleht, zuletzt bedroht,
Stellt sich der Mensch nun mausetot,
Bis – Gott sei Dank nach kurzer Frist –
Der hohe Herr es wirklich ist.
Da wird er wieder munter: „Schade!
Jetzt wollt ich ihn besuchen grade!“

Warnung

Ein Mensch, verführt von blindem Zorn,
Bläst in das nächste beste Horn.
Nun merkt er, nach dem ersten Rasen,
Daß er ins falsche Horn geblasen.
Zu spät! Der unerwünschte Ton
Ist laut in alle Welt entflohn.
Wenn schon Moral, dann wär es diese:
Daß man am besten gar nicht bliese!

Immer falsch

Ein Mensch – seht ihn die Stadt durchhasten! –
Sucht dringend einen Postbriefkasten.
Vor allem an den Straßenecken
Vermeint er solche zu entdecken.
Jedoch, er bleibt ein Nicht-Entdecker –
Dafür trifft fast auf jedem Fleck er
Hydranten, Feuermelder an,
Die just er jetzt nicht brauchen kann.
Der Mensch, acht Tage später rennt
Noch viel geschwinder, denn es brennt!
Doch hält das Schicksal ihn zum besten:
An jedem Eck nur Postbriefkästen!

Zweifel

Ein Mensch ist fest dazu entschlossen:
Das gute Kräutchen wird begossen,
Das schlechte Unkraut ausgerottet. –
Doch ach, des Lebens Wachstum spottet,
Und oft fällts schwer, sich zu entschließen:
Soll man nun rotten oder gießen?

Wunderlicher Tag

Ein Mensch, um vieles zu besorgen,
Will in die Stadt, schon früh am Morgen.
Zur Straßenbahn lenkt er den Schritt –
Ein Freund nimmt ihn im Wagen mit.
Zu Meier ist sein erster Gang:
Ihm schuldet er zehn Mark schon lang.
Kein Mensch daheim – ein Fehlbesuch!
Nun will er kaufen sich ein Buch.
Er hört, daß es vergriffen sei. –
Jetzt ins Museum: Eintritt frei!
Ins Amt, zu zahlen die Gebühr –
„Geschlossen!" steht da an der Tür.
Dem Bettler dort will er was geben –
Doch tun das schon fünf andre eben.
Soll er nicht ein paar Kirschen kaufen?
Nein – zu abscheulich liegt der Haufen.
Nun geht ins Gasthaus er zum Essen.
Dort sitzt – und ist schon lang gesessen –
Ein Kamerad, der hoch sich freut
Und drauf besteht: „*Ich* zahle heut!"
Der Mensch nimmt unterwegs ein Los,
Greift, es zu zahlen, in die Hos:
Umsonst, denn leer sind alle Taschen!
Doch bleibt er in des Glückes Maschen:
Der Mann, sonst überreich an Nieten,
Kann eine Mark Gewinn ihm bieten.
Die Hälfte, fünfzig Pfennig, waren
Nun Geld genug, um heimzufahren.

Ein Gleichnis

Ein Mensch beäugt im halben Traum
Die Lichter still am Weihnachtsbaum.
Und Wehmut schleicht sich ihm ins Herze,
Wie Kerze niederbrennt um Kerze.
Oft sind es grad die starken, stolzen,
Die unverhofft hinweggeschmolzen.
Zuletzt sind sechse oder sieben
Als arme Stümpflein übrig blieben.
Der Mensch, nicht aberglaubenfrei,
Sucht eins, daß es das seine sei.
Hoch oben flackert eins und lischt,
Tief unten raucht eins und verzischt.
Ein drittes blau nach Luft noch schnappt -
Schon ist sein Wachs davongeschwappt.
Doch seines, wie's auch knisternd keucht,
Erhebt sich neu zu Goldgeleucht.
Die Schatten werden riesengroß –
Das eine – seine – hält sich bloß.
Ein letztes Tasten noch des Lichts –
Dann kommt das ungeheure Nichts.
Der Mensch entreißt sich seinem Wahn –
Und knipst die Deckenlampe an...

Der Pilz-Fachmann

Ein Mensch, als Schwammerlkenner groß,
Hat ein beklagenswertes Los:
Daß er sich ausruht und gut nährt,
Aufs Land er zu Verwandten fährt –
Statt dessen heißt es gleich: Hurrah!
Jetzt ist der Schwammerlonkel da!
Schon wird mit Freund und Freundesfreund
Den ganzen Tag der Wald durchstreunt;
Dem Menschen wird zur sauren Pflicht
Der ambulante Unterricht:
Man hetzt ihn wild bergauf, bergab:
„Schau her, was ich gefunden hab!"
Als Lehrkraft ist er sehr von Nutzen
Besonders auch beim Schwammerlputzen,
Und nachts noch muß er überwachen
Die Kochkunst, Pilze einzumachen.
Und weil dort jeder Schwammerl mag
Und sie nicht aß seit Jahr und Tag,
Gibts als Gemüs, Salat und Suppen,
Nur Schwammerl, ach, bis in die Puppen.
Die Kirchweihgans wird erst verspeist,
Wenn er schon wieder abgereist.

Fehlentwicklung

Ein Mensch hat ohne Neid entdeckt,
Daß Pläne, die er lang geheckt,
Sich haargenau mit solchen decken,
Die zwei Vereine schon bezwecken.
Der Mensch hat drum den Wunsch, den einen,
Die zwei Vereine zu vereinen.
Doch weckt er, was er nicht bedacht,
Statt Eintracht Zwie-, ja Niedertracht.
Denn Präsident schreit wie Kassier:
„Was wird bei Einigung aus mir?"
Der Mensch, der gern sich hätt verbündet,
Hat selber nun verein-gegründet
Und unversehns dabei die alten
Vereine auch mit aufgespalten.
Die Ziele sind – im Grund die gleichen –
Von nun an nie mehr zu erreichen.

Unfaßbar

Ein Mensch, zum Greis herangereift,
Rückschauend leidlich noch begreift,
Wie er durch die zwei Kriege kam
Und selbst die Hitler-Hürde nahm.
Doch ewig bleibt ihm rätselhaft,
Wie einst er das Pennal geschafft.

Hoffnungslos

Ein Mensch begibt sich ahnungslos
In einer Freund-Familie Schoß,
Wo man nicht fernsieht, rundfunkdudelt –
Nein, geistvoll im Gespräch versprudelt.
Doch leider sieht der Mensch erst jetzt,
Daß man die Stühle streng gesetzt
Und alles schweigend und gespannt
Auf Buntes starrt an weißer Wand:
Ein Unmensch zeigt in langen Serien,
Wie er verbracht hat seine Ferien.
Vor Bildern, ziemlich mittelmäßig,
Sitzt nun der Mensch, schon lahmgesäßig;
Und pausenlos wird er befragt,
Was er zu diesen Bildern sagt.
Zum Sagen kann er gar nicht kommen:
Das Lob wird gleich vorweggenommen.
Die ganze Sippe, wild und wilder,
Verlangt noch die Familienbilder.
Der Mensch muß anschaun, ohne Gnaden,
Klein-Hänschen – ach, wie herzig! – baden;
Und nicht verschont wird er nun auch
Mit Muttis Reizen, Papis Bauch.
Der Mensch, der lang nach Mitternacht
Todmüd sich auf den Heimweg macht,
Beschließt, nie wieder werd er Gast,
Wo schon die Technik Fuß gefaßt.

Verfehlte Begegnung

Ein Mensch kommt spät in eine Stadt,
Drin einen alten Freund er hat.
Doch spielt – wie heißt der Freund denn gleich? –
Ihm das Gedächtnis einen Streich.
Der Mensch hat qualvoll nachgedacht
Und hat, bis gegen Mitternacht,
Das Telefonbuch wild durchblättert –
Umsonst. – Doch andern morgens schmettert
In Form von riesiger Reklame
Am Bahnhof der gesuchte Name;
Zu spät liest er, ganz gelb vor Ärger:
„Wenn Radio, dann Zitzelsberger!"

Lebensleiter

Ein Mensch gelangt, mit Müh und Not,
Vom Nichts zum ersten Stückchen Brot.
Vom Brot zur Wurst gehts dann schon besser;
Der Mensch entwickelt sich zum Fresser
Und sitzt nun, scheinbar ohne Kummer,
Als reicher Mann bei Sekt und Hummer.
Doch sieh, zu Ende ist die Leiter:
Vom Hummer aus gehts nicht mehr weiter.
Beim Brot, so meint er, war das Glück. –
Doch findet er nicht mehr zurück.

Börse des Lebens

Ein Mensch, wie uns der Weltlauf lehrt,
Schwankt ungemein in seinem Wert.
Wenn er auch selber kaum sich wandelt:
Zum Tageskurs wird er gehandelt,
Und es ist nicht vorauszusehn
Wie morgen seine Aktien stehn.
Er wähnt sich fest und steht doch kurz
Vor einem großen Börsensturz,
Bleibt lustlos und erholt sich wieder
Und wird, im ewigen Auf und Nieder,
Was er zu hoffen nicht gewagt,
Ganz stürmisch – ohne Grund – gefragt.
Dann legt er selbst sich hin zum Sterben. –
Ein Weilchen handeln noch die Erben,
Bis er sich in der Zeit verliert:
Nicht an der Börse mehr notiert.

Vergebliche Einsicht

Ein Mensch, der hinnahm Streich um Streich,
Sprach zu sich selbst: „Ich bin zu weich!
Ab heut entfalt ich Kraft und Witz:
Ich werde hart, ich werde spitz!“
Doch mußt er an sich selbst verzagen:
Schon war er wieder breitgeschlagen!

Selbstquälerei

Ein Mensch, der in der Heimatstadt
Das schönste Haus samt Garten hat –
Ein Glück der wenigsten Familien!! –
Liest täglich unter „Immobilien“,
In seiner Zeitung, Spalt um Spalte, –
Erst nur, daß er sich unterhalte,
Doch bald schon unterm strengen Zwang,
Er *müßt* was suchen – stundenlang.
Sollt er, wie andre Zeitgenossen,
Auch siedeln bei den Eidgenossen?
Dürfts ihn an fernen Sonnenküsten
Nach dolce vita noch gelüsten?
Würd nicht aus solchen Paradiesen
Beim ersten Krach er ausgewiesen?
Nimmt er, zu seines Weibes Schonung,
Sich, winzig, eine Wabenwohnung?
Wagt er, romantisch, einen Streich
Und kauft ein Schloß in Österreich?
Zieht er zurück sich, treu und bieder
Nach Oberbayern, ja gar Nieder-?
Wird er zum Fraß der Chiemseeschnaken?
Kurz, alles hat halt seinen Haken.
Sich windend in der Qual der Wahl,
Was er denn möcht und wie ers zahl,
Schwelgt er dann doppelt im Genuß,
Daß er ja gar nichts suchen muß.

Technik

Ein Mensch, zu schlafen im Begriffe,
Hört von der Straße laute Pfiffe.
Er reißt empört das Fenster auf:
Ein alter Freund ruft froh herauf,
Ob er – es sei doch grad erst zehn –
Nicht Lust hätt, mit ihm auszugehn.
Grob schmeißt der Mensch das Fenster zu:
„Ich schlaf schon halb! Laß mich in Ruh!“
Ein Unmensch greift – und zwar um elf –
Zum Telefon als Notbehelf
Und schrillt den Menschen aus dem Schlummer,
Wählt obendrein die falsche Nummer!
Der Mensch, so wüst herausgeschellt,
Bleibt höflich, als ein Mann von Welt.
So ists: das Pfeifen, das natürlich,
Empfinden wir als ungebührlich.
Doch schaltet wer die Technik ein,
Wagt keiner, ehrlich grob zu sein.

Vorsicht

Ein Mensch, der – weil ers längst erprobt –
Den Tag nie vor dem Abend lobt,
Lernt selbst am Abend noch zu zittern:
Denn oft kommts auch zu Nachtgewittern.

Der Termin

Ein Mensch, der sich, weils weit noch hin,
Festlegen ließ auf den Termin,
Sieht jetzt, indes die Wochen schmelzen,
Die schwere Last sich näher wälzen.
Er sucht nach Gründen, abzusagen,
Er träumt, noch in den letzten Tagen,
Wie einst als Schulbub, zu entwischen:
Ein schwerer Unfall käm dazwischen...
Umsonst – es bleibt ein leerer Wahn:
Der schicksalsvolle Tag bricht an! –
Und geht dann doch vorüber, gnädig.
Der Mensch ist froh, der Sorgen ledig.
Er schwört, er hab daraus gelernt –
Doch wie sich Tag um Tag entfernt,
Hat Angst und Qualen er vergessen –
Und läßt sich unversehens pressen
Zu noch viel scheußlicherm Termin –
Denn es ist weit und weit noch hin.

Feststellung

Ein Mensch wird laut, wenn er was will;
Wenn ers erst hat, dann wird er still:
Das „Danke!“ ist, nach alter Sitte,
Weit seltner als das „Bitte, bitte!“

Briefwechsel

Ein Mensch, der weiß, wie lang und lieb
Die Welt sich voreinst Briefe schrieb,
Denkt lang darüber hin und her:
Warum tut sie das heut nicht mehr?
Er wähnt, die Gründe hab er schon:
Zeitmangel, Zeitung, Telefon.
Doch nein, wer ernstlich wollt, dem bliebe
Genügend Muße, daß er schriebe.
Ist er zu faul nur, zu bequem?
Gleich wird er schreiben – aber *wem?*
Wer teilt, so überlegt er kühl,
Mit mir noch meinen Rest Gefühl,
Daß sichs verlohnt, in längern Zeilen
Ihm dies Gefühl erst mitzuteilen?
Verschwend ich darum Herz und Geist,
Daß ers in den Papierkorb schmeißt?
Schon wird ihm, kaum daß ers bedacht,
Selbst von der Post ein Brief gebracht:
Voll Überschwang und Herzensdrang,
Vier handgeschriebne Seiten lang.
Er überfliegt sie; rückzuschreiben,
Läßt er, schon Unmensch, besser bleiben.
Es könnt sich, fruchtbar gleich Karnickeln,
Briefwechsel sonst daraus entwickeln.
Er weiß jetzt, wie die Dinge liegen:
Kein Mensch will auch noch Briefe *kriegen*!

So gehts

Ein Mensch samt seiner Frau sich quält:
Was schenkt man wem, der sich vermählt?
Das ist die Schwierigkeit des Falles:
Das reiche junge Paar hat alles!
Wie? Soll man gegen bar was kaufen?
Birgt Schrank und Truh nicht einen Haufen
Von Kunstgewerbe, lauter Sachen,
Die andern Leuten Freude machen?
Sie mustern, jetzt schon voller Wut:
Dies ist zu schlecht, dies ist zu gut.
Gern gäb die Frau, wovon der Mann
Sich leider noch nicht trennen kann
Und wieder andres, umgekehrt,
Ist viel zu sehr der Gattin wert.
Jetzt endlich haben sie, nach Stunden,
Das einzig richtige gefunden:
Die wunderschönste Blumenvase
Aus edlem Venezianer-Glase.
Doch rasch entbrennt der Streit erneut,
Weil ihn bald und bald sie es reut,
Weils viel zu kostbar zu dem Zwecke –
Sie stellens wieder in die Ecke:
Und knacks! schon bricht durch Schicksals Tücke
Das wundervolle Stück in Stücke.
Ergebnis: daß sie nicht dran denken
Noch überhaupt was herzuschenken!

Der Unmusikalische

Ein Mensch läg gerne schon im Bett –
Doch endlos zirpt noch ein Quartett.
Der Mensch, der nichts davon versteht,
Harrt stumm, daß es zu Ende geht.
Nur wenn mit schwitzend schnellen Händen
Die Künstler ihre Blätter wenden,
Sucht er, ganz heimlich, zu erschielen,
Wie lang die Viere wohl noch spielen.
Er horcht, wie sie in Trillern waten
Und breit sich stürzen in Fermaten,
Bald kühn sich auf die Spitze geigen,
Bald furchtlos in die Tiefen steigen
Und oft, aufs äußerste verwirrt,
In Labyrinthe, weit verirrt,
Doch tönetastend, gleich den Blinden
Sich zaubrisch neu zusammenfinden.
Fast wirds dem Menschen schon Genuß –
Da sind sie unverhofft am Schluß.
Der Mensch, daheim, noch vor dem Schlafen,
Denkt voller Achtung an die Braven,
Und sinnt, geraume Zeit, im Hemd,
Wie ihm Musik, an sich zwar fremd,
Doch diese Vier fast nahe brachten,
Die sie so kunstgeläufig machten.

Der Fahrgast

Ein Mensch, ders eilig hat, hat Glück:
Ein Auto nimmt ihn mit ein Stück,
Ja, im Gespräch stellt sich heraus:
„Da bring ich Sie ja fast vors Haus! –
Nur ein Momenterl, bitte, ja,
Ich geb was ab – gleich wieder da!"
Der Mensch denkt, wartend mit Behagen:
„Das ist halt nobel, so im Wagen!"
Doch langsam fängt er an, zu bluten:
Versprach der Herr nicht, sich zu sputen?
Da kommt er ja! Kaum, daß er sitzt,
Gehts fort schon, daß es nur so flitzt.
„Jetzt bloß noch einen Augenblick,
Ich schau was nach in der Fabrik!"
Der Wagen braust, der Wagen hält.
Und die Fabrik liegt aus der Welt.
Der Mensch, auf Gnad und Ungenaden,
Dem Herrn, der ihn zur Fahrt geladen,
Hier in der Wüste ausgeliefert,
Fühlt, wie es bröckelt schon und schiefert:
Erst reißt die Firnis stolzer Huld,
Dann, tiefer gehend, die Geduld.
Er wechselt nun, von Dank und Lob
Zu dem Entschluß: Bald werd ich grob.
Und wirds, wie jetzt der Herr erklärt,
Daß er noch schnell nach Schwabing fährt.
Zwei schwören nunmehr, die sich hassen:
Nie mehr mitfahren, – nie mehr lassen!

Die Abmachung

Ein Mensch hat – „gut, es bleibt dabei:
Am Samstag nachmittag um drei“ –
Fürs Wochenende einen faden
Bekannten endlich eingeladen,
Was er ihm schon seit einem Jahr
Aus höhrer Rücksicht schuldig war.
Als hätt der Teufel es gerochen,
Daß unser Mensch sich fest versprochen,
Läßt hageln er auf diesen Tag
Aufforderungen, Schlag auf Schlag.
Worauf der Mensch seit Wochen wartet,
Jetzt kommts daher, wie abgekartet.
Der Mensch, von Pflichtgefühl ummauert,
So schwer es ihm auch fällt, bedauert.
Die lauten Lockungen und leisern
An ihm zerschellen – er bleibt eisern.
Am Samstag früh kommt eine Karte,
Drin, daß der Mensch umsonst nicht warte,
Der Unmensch mitteilt, höflich-dreist,
Er sei heut ins Gebirg gereist.
Den Menschen zu besuchen, hätt er
Auch später Zeit, bei Regenwetter.

Einsicht

Ein Mensch, der selbstverständlich hofft,
Das Glück käm einmal noch und oft,
Weiß nie – denn wer kann Zukunft lesen? –,
Obs nicht zum letztenmal gewesen.
Wohl wird – was einzusehen peinlich –
Verschiedenes recht unwahrscheinlich:
Sieh an: das letzte Weiberglück
Liegt dreißig Jahre schon zurück.
Auch vom Gesang ist nichts zu hoffen. –
Der Wein – die Frage bleibt noch offen,
Schon bei der nächsten der Visiten
Kann ihn der Doktor streng verbieten.
Der Mensch glaubt gerne, Rom, Athen
Könnt jeden Tag er wiedersehn.
Doch steht schon fest im Lebensbuch:
Rom – im Jahr fünfzig: Letztbesuch.
Wärs nicht gelacht, daß kleinste Dinge
Der Alltag freundlich wiederbringe?
Der Mensch, zum Glück bedenkt ers nicht, –
Aß längst zuletzt sein Leibgericht.
Eh die Zigarrenkiste leer,
Ist er schon fort – und raucht nicht mehr:
Das Brünnlein noch ein Weilchen geht:
Der Haupthahn ist schon abgedreht.

Der Waldgänger

Ein Mensch im Wald ging für sich hin
Und nichts zu suchen, war sein Sinn.
Doch welch ein Glück! Ein Steinpilz stand,
Ein Prachtstück, dicht am Wegesrand.
Der Mensch, nun schon voll Sucherdrang,
Trug ihn in Händen, stundenlang. –
Dann endlich sah er seufzend ein,
Wie wertlos solch ein Pilz allein.
Er warf ihn fort, ging unfroh weiter:
Da stand, nicht ganz so schön, ein zweiter.
Der Mensch, vom ersten Fall gewitzt,
Daß man mit *einem* – nichts besitzt,
Verzichtete und ließ ihn stehen,
Zumals schon Zeit war, heimzugehen.
Doch tretend aus des Waldes Mitten,
Sah unverhofft er einen dritten:
Den pflückte er, mit wildem Eifer. –
Doch wie er auch, als Forstdurchstreifer,
Jetzt schwitzend durch das Dickicht hetzte,
Der dritte, kleinste, blieb der letzte.
Den hat er müde, in der Nacht,
Von seinem Waldgang heimgebracht.
Um die Moral nicht zu versäumen:
Glück in zu weiten Zwischenräumen –
Und schiene es auch einzeln groß –
Beunruhigt unsre Seele bloß ...

Der Sparsame

Ein Mensch, in langem Lebenslauf,
Hebt kurzweg alles, alles auf,
Was man vielleicht noch einmal braucht:
Zigarrenkisten, ausgeraucht,
So Wein- wie Apothekerflaschen,
So Packpapier wie Tragetaschen.
Auch hat er Schnüre aller Art
Erst aufgeknüpft, dann aufgespart,
Hat Korken, Klammern, Schrauben, Nägel,
Gehortet sich nach strenger Regel.
Ihn selber bringt es oft zum Rasen,
Wie alle mit Verpackung aasen;
Er freut sich schon des Augenblicks,
Wo, am berühmten Tage X,
Zusammenbricht das Wirtschaftswunder
Und Sachwert wird, was heute Plunder.
Er sieht im Geist schon das Gebettel
Um Gummischnürchen, leere Zettel,
Und wie er gnädig, fast ein Gott,
Mit Güte heimzahlt allen Spott.
Doch leider, eh er so umworben,
Ist unser guter Mensch gestorben
Und herzlos werfen seine Erben
Das ganze Zeug zu Schutt und Scherben.

Zwischenträgereien

Ein Mensch, in seiner ersten Wut,
Tut, was sonst nur ein Unmensch tut:
Er läßt sich, bös auf einen zweiten,
Zu übler Schimpferei verleiten –
Was dieser zweite erst erfährt,
Als längst der alte Streit verjährt.
Der zweite, jetzt mit Wut geimpft,
Gewaltig auf den Menschen schimpft,
Was diesem, trotz Verschweigens-Bitte,
Brühwarm berichtet nun der dritte.
Jetzt bricht der Mensch, kein Zorn-Verberger,
Jäh mit dem zweiten, voller Ärger
Und der mit dem, der nicht gezaudert
Und das Geschimpfe ausgeplaudert.
Der dritte grollt natürlich beiden:
Drei können nie sich wieder leiden.
Ein vierter, brav, als Brückenschläger,
Wird abgetan als Zwischenträger,
Ein fünfter, allen vier gewogen,
Wird in den Streit hineingezogen
Und auch dem sechsten, siebten, achten
Mißglückts, zu einen die Verkrachten.
Ein alter Freundeskreis zerfällt,
Wenn *einer* nur sein Maul nicht hält.

Rückzug

Ein Mensch wem in die Arme läuft,
Den er mit Achtung überhäuft
Und dringend gleich zu Gaste lädt,
Bis er im Reden, fast zu spät,
Noch merkt, daß dieser Erdenwandrer
Zwar ein Bekannter, doch ein andrer
Und ungeeignet jedenfalls,
Ihn sich zu laden auf den Hals.
Der Mensch, rückziehend seine Fühler,
Wird unversehens kühl und kühler:
So dringend, wie mans grad besprochen,
Gehts nicht – am frühsten in vier Wochen.
Doch halt! Just fällt es ihm noch ein:
Da muß er ja in Hamburg sein!
Am besten scheint es, gleich zu sagen:
Kurz nach den Weihnachtsfeiertagen!
Nur weiß er heut noch nicht bestimmt,
Ob er sich da nicht Urlaub nimmt.
Am richtigsten ist offenbar,
Sich anzurufen, nach Neujahr.
Dann aber – falls kein Hindernis
Dazwischen käme – ganz gewiß!
Das Sprichwort irrt, daß aufgeschoben
Noch lange nicht sei aufgehoben:
Der Mensch – zu raten ists nicht schwer –
Sah niemals den Bekannten mehr…

Kettenreaktion

Ein Mensch erzählt daheim, empört,
Daß – wie am Stammtisch er gehört –
In Wutausbrüchen, ungezügelt
Ein Unmensch seine Frau geprügelt.
Wie tut die Frau der Gattin leid:
„Da sieht man, wie Ihr Männer seid!"
Schon reißt dem Menschen die Geduld:
„Vielleicht war *sie* auch mit dran schuld!?"
So sieht man bald die beiden streiten –
Und beinah kommts zu Tätlichkeiten.
Ein dritter, lang und gut vermählt,
Gemütlich dies der Frau erzählt:
„Nie käms bei uns zu solchem Hasse,
Weil ich mir alles bieten lasse!"
„Wer", fängt die Frau an, aufzumucken,
„Wenn *ich* nicht, muß hier alles schlucken?"
Die sich jahrzehntelang vertragen,
Sind nah daran, sich auch zu schlagen.
Ein vierter hört und meldet das –
Und schon wird Ernst, was grad noch Spaß.
Ein böses Wort das andre gibt –
Duett: „Du hast mich nie geliebt!"
Das böse Beispiel, unbestritten,
Verdirbt auch hier die guten Sitten.

Falsche Rechnung

Ein Mensch erwirbt, den Vorteil nutzend,
Sich Karten fürs Konzert im Dutzend.
Beim ersten muß er staunend lesen,
Daß – gestern es bereits gewesen.
Beim zweiten – was den Vorteil mindert! –
Ist er beruflich just verhindert.
Beim dritten – 's geht punkt acht Uhr an! –
Streikt hoffnungslos die Straßenbahn.
Er glaubt nicht, daß das vierte lohn':
Statt Mozart spielt man Mendelssohn.
Das fünfte er versäumen mußte –
Grund: sein Geschneuze und Gehuste.
Das sechste, siebente und achte
Verschenkt' er, weil er Ferien machte.
Das neunte endlich und das zehnte
Genoß er, wie er's längst ersehnte.
Nur ungern ging er in das elfte
Und floh schon nach der ersten Hälfte.
Das zwölfte hätte ihm behagt –
In letzter Stund wards abgesagt.
Der Mensch tat nunmehr einen Schwur,
Er kaufe Karten einzeln nur
Und, statt daß er sich zwingen lasse,
Geh er bloß, wenns ihm grade passe.
Doch paßts ihm nie – und als Banause
Bleibt er jetzt überhaupt zuhause.

Illustrierte

Ein Mensch, der sich die laute Welt,
Wo es nur geht, vom Leibe hält,
Sieht voller Abscheu, wie sie giert
Nach Wochenblättern, illustriert.
Nie kommt ihm solcher Schund ins Haus!
Er schwörts – und hälts auch tapfer aus,
Trotz wilder Werbung der Verleger.
Ja, selbst beim Zahnarzt, Haarepfleger,
Läßt er, getreu dem mene tekel,
Die Hefte liegen, voller Ekel.
Jedoch, des Teufels List ist groß:
Im Schnellzug lockt ein ganzer Stoß,
Wie ihn ein fremder Herr durchblättert
Und dann beim Fortgehn hingeschmettert.
Die Fahrt ist lang, die Fahrt ist lang...
Es wächst die Lust, sie wird zum Zwang:
Sollt er, statt gähnend dazusitzen,
Nicht flüchtig in die Blätter spitzen?
Sein Widerstand muß sich verringern:
Schon kribbelts ihn in allen Fingern.
Warum denn nicht? Er tuts gewiß
Nur, um zu nehmen Ärgernis.
Der Mensch, er schaut, er liest – zuletzt
Beim Krimi heißts: „Wird fortgesetzt!"
Der Mensch – kaum kommt er an – muß laufen,
Die jüngste Nummer sich zu kaufen.

Der Riese

Ein Mensch – sonst Mensch wie andre bloß –
Ist gut und gern zwei Meter groß
Und, gleich der Wetterstangen-Spitze,
Zieht er auf sich die Geistesblitze.
Die Leute kränkts, daß die nicht heiter
Auffängt der Mensch als Witzableiter –
Vielmehr den Blitz, samt Donnerkrach,
Lenkt auf des Witzbolds eignes Dach.
Der Mensch, so kommts den Leuten vor,
Besitzt wohl keinerlei Humor;
Denn jeder bildet sich ja ein,
Er mache solchen Scherz allein.
Doch trifft den Menschen, Tag für Tag
Der gleiche Witz – und Schlag auf Schlag.

Talent und Genie

Ein Mensch genießt zwar allgemein
Das Lob, ein heller Kopf zu sein.
Doch glänzt – merkt ein genauer Kenner –
Er mäßig nur, als Dauerbrenner.
Ein andrer Mensch ist oft verdunkelt;
Doch wenn er einmal plötzlich funkelt,
Dann leuchtet er auch weltenweit. –
Das macht: der Mensch ist blitzgescheit!

Der Urgreis

Ein Mensch, als Greis, hats manchmal leicht,
Wenn er die neunzig erst erreicht:
Gefragt, ob er in Rom gewesen,
Ob ganz er je Jean Paul gelesen,
Kann er Beschämung sich ersparen:
„Ah“, seufzt er, „so vor sechzig Jahren...“
Ja, dreist wagt er darauf zu pochen,
Daß er mit Bismarck noch gesprochen;
Gibt er sich nicht zu arge Blößen,
Prahlt leicht er mit verschollnen Größen,
Weil längst in kühler Erde schlafen
Die, die ihn Lügen könnten strafen.
Was? Lügen? Ist dies Wort erlaubt?
Er sagt doch nur, was selbst er glaubt.
Wir gönnens ihm noch die paar Jährchen:
Ist er doch längst sein eignes Märchen!

Entscheidungen

Ein Mensch, der für den Fall, er müßte,
Sich – meint er – nicht zu helfen wüßte,
Trifft doch den richtigen Entschluß
Aus tapferm Herzen: denn er *muß!*
Das Bild der Welt bleibt immer schief,
Betrachtet aus dem Konjunktiv.

Gescheiterter Versuch

Ein Mensch, der bis um Mitternacht
Vergeblich über was gedacht,
Auf jenen Bibelspruch noch traf:
„Den Seinen gibts der Herr im Schlaf."
Um einzuheimsen solchen Segen,
Beschloß er, sich aufs Ohr zu legen,
Um, eignen Denkens zum Ersatze,
Zu horchen still an der Matratze.
Doch leider hat er, Stund um Stunden
Noch nicht einmal den Schlaf gefunden,
Den dringend er gebraucht hätt, eben,
Sollt ihm der Herr darin was geben.
Der Mensch, in qualvoll halbem Wachen,
Mußt selber sich Gedanken machen.

Leib und Seele

Ein Mensch mißachtet die Befehle
des bessern Ich, der zarten Seele –
Bis die beschließt, gekränkt zu schwer:
Mit dem verkehre ich nicht mehr.
Sie lebt seitdem, verbockt und stumm
Ganz teilnahmslos in ihm herum.

Der Schütze

Ein Mensch ging durch die Jahrmarktsbuden,
Wo Mädchen ihn zum Schießen luden:
„Drei Schuß", so rief es, „eine Mark!"
Der Mensch legt an – er zittert stark –,
Doch reihen nah auf dem Gebälke
Ganz dicht sich Rose, Tulpe, Nelke.
Die Rose, die der Mensch gewählt,
Die hat er allerdings verfehlt;
Durch Zufall aber kam zu Fall
Die Nelke bei dem falschen Drall.
Schuß zwei: die diesmal nicht sein Ziel,
Die Rose, aus dem Gipsschaft fiel.
Beim dritten Schuß brach eine Tulpe,
Die nicht gemeint war, aus der Stulpe.
Der Mensch ging stolz, papierbeblümt
Und hat als Schütze sich gerühmt:
Als hätte er auf das gezielt,
Was ihm das Glück nur zugespielt.

Trost

Ein Mensch, entschlußlos und verträumt,
Hat wiederholt sein Glück versäumt.
Doch ist der Trost ihm einzuräumen:
Man kann sein *Unglück* auch versäumen.

Lob des Kaffees

Ein Mensch, mit Klopstock, hat bedacht:
Vergraben sei in ewiger Nacht
Oft der Erfinder großer Namen –
Wer wars, der des Kaffeebaums Samen,
Daran wir heut uns alle trösten,
Zu finden wußte und zu rösten,
Dann ihn zu mahlen und zu sieden?
Kein Denkmal ward ihm je beschieden.
Doch erzgegossen = hochgeboren
Prahlt, wer bloß eine Schlacht – verloren!
Doch nur getrost! Wenn hingeschmolzen
Schon längst das Denkmal dieses Stolzen,
Ja, wenn die Menschen seiner spotten,
Wird immer noch Kaffee gesotten.
Das Gute – nicht nur dieser Trank! –
Hat in sich selber Ruhm und Dank.

Vergebliche Freiheit

Ein Mensch, vom Alltag schier bezwungen,
Hat sich zur Freiheit durchgerungen
Und gibt sich heilig das Versprechen,
Wohin er will, jetzt aufzubrechen.
Er sitzt noch heut zuhause still:
Er weiß ja nicht, wohin er will!

Erfreulicher Irrtum

Ein Mensch sieht an der Straßenecke –
Wie *er* meint, zu verruchtem Zwecke! –
Ein Mädchen stehen, wohlgebaut...
Doch ach, wie er nun näher schaut,
Hält dieses wunderschöne Mädchen
Starr in den Händen ein Traktätchen,
Das es (statt seiner selbst) hält feil,
Um nichts besorgt als Seelenheil.
Der Mensch, bereit zur Sünde grad,
Schlägt ein den schmalen Tugendpfad,
Froh, daß dies Weib zu nichts verführe
Als zum Erwerbe der Broschüre.
Und lang noch dankt er dieser Frommen,
Daß er so billig weggekommen.

Trauriger Fall

Ein Mensch ist leider ziemlich schüchtern
Und ohne Schwung, so lang er nüchtern.
Doch zündet kaum bei ihm der Funken,
Ists schon zu spät: er ist betrunken.
So muß er immer wieder scheitern:
Nie glückts ihm, sich nur anzuheitern.

Beinahe

Ein Mensch ist höchst darob erbost:
Beinahe – ists nicht Hohn, statt Trost? –
Hätt er fürs Lotto recht gewählt.
Nur *eine* Ziffer war verfehlt.
Wüst klagt der Mensch das Schicksal an,
Das diesen Tort ihm angetan.
Dem Menschen, der geschimpft so dreist,
Erscheint das Schicksal, nachts, als Geist:
„Soll ich mich von Dir schelten lassen?
Willst ‚beinah' Du nicht gelten lassen?
Dein Glück, Dein Leben wär verspielt,
Hätt ich genau auf Dich gezielt."
Seitdem trägts still der Mensch im Leben,
Geht einmal haarscharf was – daneben.

Ausgerechnet …

Ein Mensch, von kleinauf, wird belehrt,
Daß sich sein Leben selbst erschwert,
Wer, statt daß er am Schopf sie faßt,
Stets die Gelegenheit verpaßt.
Nun endlich, voll Verwegenheit,
Ergreift er die Gelegenheit.
Erst viel zu spät wird es ihm klar,
Daß diesmal just es keine war.

Demnächst

Ein Mensch spricht mit dem Freunde fern:
Sie sähn sich – endlich! – wieder gern!
Doch eh sie ganz die Glut entfachen,
Um gleich ein Treffen auszumachen,
Verlöschen eilig sie die Flammen:
„Wir rufen demnächst uns zusammen!“
Sie haben auch, nach drei, vier Wochen,
Am Telefon sich neu besprochen;
Und sie vereinen die Entschlüsse,
Daß man sich demnächst sehen müsse.
So trieben sies noch manches Jahr –
Bis einer – ohne Anschluß war.

Kontaktlos

Ein Mensch mag noch so wertlos sein –
Er ist doch nicht nur tauber Stein:
Hat er nicht gleich ein goldnes Herz,
Ein bißchen führt ein jeder Erz:
Seis Silber, Kupfer, Eisen, Zinn,
Ja, seis nur Blei – es steckt was drin.
Jedoch kein Mensch, obwohl er dürft,
In andern Menschen tiefer schürft,
Weil er von vornhinein betont,
Daß sich der Abbau wohl nicht lohnt.

Lebenskunst

Ein Mensch bewahrt, obwohl gescheit,
Sich seine Seelen-Dunkelheit.
Strömt dann das Gnadenlicht herein,
So gibt es doppelt hellen Schein:
Ein hohes Glück, das nie erfährt
Ein Unmensch, längst schon aufgeklärt.

Fragen

Ein Mensch wird müde seiner Fragen:
Nie kann die Welt ihm Antwort sagen.
Doch gern gibt Auskunft alle Welt
Auf Fragen, die er nie gestellt.

Vergebliche Bemühung

Ein Mensch, der aus der großen Stadt
Ins Grüne sich begeben hat,
Läs hier, allein auf weiter Flur,
Recht gern im Buche der Natur.
Doch bald, betrübt, er wieder geht:
Denn, ach!, er ist Analphabet!

Unterschied

Ein Mensch hat seinerzeit, als Schüler
Gelernt, wie einst die Thermopyler
Sich tapfer zeigten, seelengroß,
Obwohl die Lage aussichtslos.
Wie?! War da jeder Mann ein braver?
War der Gehorsam nicht kadaver?
Hat noch ihr stolzer Ruhm zu gelten?
Sind sie nicht stur und dumm zu schelten?
Doch nein: hoch klingt die Heldenmär –
Denn es ist ziemlich lange her.

Mitmenschen

Ein Mensch schaut in der Straßenbahn
Der Reihe nach die Leute an:
Jäh ist er zum Verzicht bereit
Auf jede Art Unsterblichkeit.

Der Fachmann

Ein Mensch, ein armer Laie bloß,
Verspürt doch Weltangst, riesengroß.
Die Luft zum Beispiel, wie ihm deucht,
Sei scheußlich schon atomverseucht.
Der Fachmann aber hat getestet,
Die Luft sei längst noch nicht verpestet.
Der Laie sagt, er sehe schon,
Auch unsre D-Mark schwimm davon.
Der Fachmann aber rechnet listig,
Dem widerspreche die Statistik.
Der Laie meint, mit Seherblick,
Daß zwecklos das Verkehrs-Geflick.
Der Fachmann aber lächelt milde,
Der Gute sei nicht ganz im Bilde.
Erst dann, wenn längst sich das eräugnet,
Was doch der Fachmann streng geleugnet,
Wirft der sich in die Brust und klagt:
Er habe es ja gleich gesagt!

Ermüdung

Ein Mensch erfährt es mit Empörung:
Der schönsten Landschaft droht Zerstörung!
Ein Unmensch baut, und zwar schon bald,
Ein Industriewerk nah am Wald.
Der Mensch hat Glück und ihm gelingt,
Daß er die Welt in Harnisch bringt.
Ja, alles stellt er auf die Beine:
Behörden, Presse, Funk, Vereine,
Die scharf in Resolutionen
Auffordern, die Natur zu schonen.
Der Unmensch hat das oft erprobt:
Er wartet, bis man ausgetobt.
Dann rückt – die Zeit ist ja sein Acker –
Er an mit Säge und mit Bagger.
Eh neuer Widerspruch sich regt,
Hat er den Wald schon umgelegt.
Inzwischen hat sich längst der Haufen
All der Empörer müd verlaufen;
Vergebens stößt in seinem Zorn
Der Mensch nun abermals ins Horn.
Der Landrat rät dem Unbequemen,
Die Sache nicht mehr aufzunehmen;
Es wollen Presse auch und Funk
Sich nicht mehr mischen in den Stunk.
Der Mensch steigt von den Barrikaden:
Er ist zum Richtfest eingeladen.

Wohlstand

Ein Mensch läßt sich vom Scheine trügen
Und wähnt, das Leben sei Vergnügen.
Er hat sichs auch so eingerichtet,
Wie sich die Welt das Glück erdichtet:
Er ißt das Beste, trinkt und raucht,
Hat Rundfunk, Fernsehn, was man braucht;
Ja, mehr, als je er durft erwarten:
Er hat ein Haus mit einem Garten,
In schönster Gegend, beinah ländlich,
Und einen Wagen, selbstverständlich.
Auch ist, denn er hat klug gewählt,
Er durchaus angenehm vermählt.
Was soll ihm lästigs Kinderrudel?
Er hält dafür sich einen Pudel.
Er ist, der Leser merkt es schnell,
Für Null-acht-fünfzehn das Modell,
Sowohl daheim wie in den Ferien,
Wie's herstellt heut die Welt in Serien.
Der Mensch, so satt und matt und platt,
Ist stolz auf alles, was er *hat*.
Doch hat auf *Unheil* oft die Welt
Jäh die Erzeugung umgestellt –
Und sie verschleudert ganze Berge:
Glückspilze, Hausbars, Gartenzwerge,
Den eitlen Wirtschaftswunder-Mist:
Der Mensch muß zeigen, wer er *ist!*

Tempora mutantur

Ein Mensch, dem's Lebenslicht schier losch,
Ist quäkend, hüpfend wie ein Frosch
Dem Auto knapp noch mal entronnen. –
Er flucht, dem Leben neu gewonnen,
Ganz kurz nur, was ihn so erfrischt,
Daß sich das Schreckbild rasch verwischt;
Und eilig hat ers ohnehin:
Termin bedrängt ihn um Termin.
Er findet, abends, heimgekehrt,
Den Fall kaum des Erwähnens wert
Und nachts denkt er nur kurz, im Bette,
Wie leicht es schief gehn können hätte.
Doch lang denkt er darüber nach,
Was er mit Schmitt u. Co. besprach.
Derselbe Mensch, zu Dank und Buß
Wär einst gewallfahrt weit zu Fuß
Und hätt noch bares Geld bezahlt
Für eine Tafel, bunt gemalt,
Wie er zu Tode wär gekommen,
Hätt sich nicht seiner angenommen
Maria, die ihn voller Gnade
Noch grad gerettet vor dem Rade.
Wer dieses liest, wird nicht bestreiten,
Daß wir uns ändern mit den Zeiten.

König Kunde

Ein Mensch vernimmt vieltausendtönig,
Daß jetzt der Kunde wieder König.
Doch er besinnt sich voller Hohn,
Wie man gestoßen ihn vom Thron,
Und ahnt, wie man ihn wieder stieße,
Wenn er sich auf dies Volk verließe...
So lang die Welt so voll von Würsten,
Wird jeder Käufer schnell zum Fürsten;
Doch wenn es um die Wurst geht, dann
Ist König wieder Bettelmann.

Freiheit

Ein Mensch schwärmt in Begeistrung hell
Fürs Schweizervolk und seinen Tell,
Der niederschoß den Habsburg-Schergen
Und Freiheit ausrief in den Bergen,
Was ihm, belohnt mit guten Franken,
Noch heut die späten Enkel danken.
Die Welt mit Freiheit gerne prahlt,
Die altverbürgt und längst bezahlt.
Doch kleiner wird der Kreis von Lobern,
Gilts hier und heut, sie zu erobern.

Kunst

Ein Mensch hält an dem Grundsatz fest,
Daß über Kunst sich streiten läßt.
Er widersteht den Avantgarden
Und ihren wortgewandten Barden.
(Modern sein kann heut jeder gut –
Altmodisch sein: dazu brauchts Mut!)
Selbst jung, hat er sich zu den jungen
Expressionisten durchgerungen
Und meint, er habe es geschafft.
Jedoch mit neuer Schöpferkraft
Beginnen nunmehr die Tachisten
Picasso selbst mit auszumisten.
Der Mensch beflügelt seinen Schritt
Und wirklich kommt er grad noch mit.
Wild schreit die Avantgarde: „Patzer!"
Und ritzt in leere Flächen Kratzer.
Der Mensch, nur daß er sei modern,
Beschwört, er sehe so was gern.
Die Jüngsten halten das für Dreck
Und lassen selbst die Kratzer weg.
Der Mensch muß arg sich überwinden,
Um das als Kunst noch zu empfinden.
Er stellt, um ja nicht zu erlahmen,
Sich brav vor leere Bilderrahmen:
Ein bißchen scheints ihm übertrieben –
Schon gilt er als zurückgeblieben.

Die Spanne

Ein Mensch, bereits den Jahren nah,
Wo einer plötzlich nicht mehr da,
Sieht hart gestellt sich vor die Frage,
Ob sich, für seine letzten Tage,
Ein neuer Anzug wohl noch lohne,
Ob, wenn er ihn entsprechend schone,
Der alte nicht so lang noch reiche,
Bis er ihn nicht mehr braucht, als Leiche.
Er trägt nun wirklich auch den alten,
So lange nur die Fäden halten
Und bis die Ärmel durchgewetzt.
Und doch – es langt nicht bis zuletzt!
Da er, bei aller Schäbigkeit,
Die Spanne bis zur Ewigkeit
Zu überbrücken nicht vermag,
Kommt doch der unerwünschte Tag,
An dem der Mensch nun gehn muß, leider
Den schweren Gang zu seinem Schneider.
Der Tod benimmt sich widerwärtig:
Er macht zur Stund den Menschen fertig,
In der der Schneider, froh beschwingt,
Ins Haus den neuen Anzug bringt.
Die Erben jammern, die's mißgönnen:
„So lang hätt er noch warten können!"

Der Heimtücker

Ein Mensch benahm sich durchaus fein;
Denn nie warf er den ersten Stein. –
Daß vorschnell er als Feind sich zeige,
War er zu klug und auch zu feige.
Nein, auch den zweiten warf er nicht,
Gedenkend seiner Menschenpflicht...
Nur, als schon alle warfen, brav,
Den kleinsten – der ins Auge traf.

Späte Einsicht

Ein Mensch macht sich, doch leider bloß
An seinem Stammtisch, damit groß,
Es gelt – wovon ja viele träumen! –
Den Saustall endlich auszuräumen.
Er gibt – nur dort! – geheime Winke,
Wie's überall zum Himmel stinke
Von Säuen, die an vollen Trögen
Verfräßen unser Volksvermögen.
Man müßt was tun – nur ist es schade,
Daß dummerweise *ihn* gerade,
Als einen Mann mit Weib und Kindern,
Rücksichten überall verhindern.
Der Mensch – was nützt verborgnes Lästern? –
Zählt auch mit zu den Schweinemästern!

Menschen-Ruhm

Ein Mensch kriegt eines Tags den Wahn,
Er fang, berühmt zu werden, an.
Doch merkt er seinen Irrtum leicht,
Wenn er mit andern sich vergleicht:
Zu dreizehntausend Mark reißt hin
Pro Abend eine Sängerin
Kaum weiß sich ein Tenor zu retten
Vorm Angebot an Bühn- und Betten.
Und alle Leute beten an
Den Neger, der trompeten kann. –
Zu schweigen von der Riesenhetz,
Stieß wer den Fußball wo ins Netz,
So daß, die Augen ganz verglast,
Die Menge vor Begeistrung rast.
Der Mensch sieht jäh sein armes Rühmchen
Verwelken wie ein Mauerblümchen.

Hoffnung

Ein Mensch, am Ende seines Lebens,
Sieht ein, daß der Erfolg des Strebens
Nur dürftig war, an dem gemessen,
Was er versoffen und verfressen.
Sein Wert als Raupe war gering:
Jetzt hofft er auf den Schmetterling!

Unglücksfälle

Ein Mensch verspürt, meist unbewußt,
Geheime Katastrophenlust:
Mit Gruseln liest er in der Zeitung,
Daß wo geplatzt die Hauptrohrleitung,
Ein Riesenwald verbrannt durch Funken,
Ein Schiff mit Mann und Maus gesunken,
Ein Flugzeug im Gebirg zerschellt –
Kurz, was so vorkommt auf der Welt.
Der Mensch liest dabei um so gerner,
Je grausiger es ist – doch ferner.
Und schon ein Unmensch wär er, säh er
So schlimme Dinge lieber näher.
Doch Mensch und Unmensch sind sich gleich:
„Nur nicht im eigenen Bereich!"
Da hemmt schon ein verrußter Ofen
Jedwede Lust an Katastrophen.

Der Mißgelaunte

Ein Mensch beklagt, schier seelisch blind,
Daß er am Leben nichts mehr find.
Er hab, liegt er uns in den Ohren,
Auf dieser Welt nichts mehr verloren.
Doch wie würd er der Antwort fluchen:
Dann hab er auch nichts mehr zu suchen.

Wandlung

Ein Mensch ward wild von Heckenschützen,
Die gern die Zeit der Schrecken nützen
Und, ihn zu morden, stur entschlossen,
Auf üble Weise querbeschossen.
Da es mißlang, ihn ganz zu töten,
Entbieten, ohne zu erröten,
Die Schützen nun, Gewehr bei Fuß,
Dem Menschen höflichst ihren Gruß
Und scheinen ungemein vergeßlich,
Daß sie ihm nachgestellt, so häßlich.
Und auch der Mensch, allmählich müder,
Nimmt hin die üblen Schützenbrüder
Und, faulen Frieden selbst zu fördern,
Lebt brav er – unter seinen Mördern.

Falsche Erziehung

Ein Mensch lernt in der Kinderzeit,
Des Lasters Straßen seien breit,
Jedoch der Tugend Pfade schmal
In diesem irdischen Jammertal.
Der Mensch, bei seinem Erdenwandern,
Geht einen Holzweg nach dem andern,
Weil er auf Straßen, breit gebaut,
Sich einfach nicht mehr gehen traut.

Manager

Ein Mensch wird alle Tage kränker:
Nur noch Betriebs- und Wagenlenker,
Lebt er dahin, teils seelenhastig,
Teils leibträg, ohne Heilgymnastik.
Was hat er Wichtigs zu erledigen!
Vergebens Frau und Freunde predigen,
Daß er auf die Gesundheit seh
Und, wenn schon nicht in Urlaub geh,
Ein bißchen laufe, schwimme, turne –
Zu spät: der Rest kommt in die Urne;
Der Schlag, just vor der Unterschrift
Des letzten Briefs den Menschen trifft.
Die Sekretärin, noch hienieden,
Schreibt drunter: Nach Diktat verschieden.

O Tempora

Ein Mensch, der eine Freundin hatte,
Ist jetzt, seit Jahren schon, ihr Gatte.
Er hats mit diesem Weibe schwer:
Es redet nämlich dumm daher.
Er meint, es werde täglich schlimmer –
Doch nein – so dämlich war sie immer.
Es liegt nur an der Jugend Schwund:
Süß klang Geschwätz aus süßem Mund.

Frau Welt

Ein Mensch bezahlt – und wird verlacht! –
Oft Zechen, die er nicht gemacht.
Ein Unmensch – der damit noch prahlt! –
Macht Zechen, die er nicht bezahlt.
Frau Welt davon Notiz nicht nimmt:
Hauptsache, daß die Kasse stimmt!

Zeit heilt ...

Ein Mensch, der stark schon in Gefahr,
Daß er ein Unmensch würde, war,
Hat sich mit knapper Not gerettet
Und bis ins Alter durchgefrettet.
Hinunter ist die Zeit geflossen –
Mit ihr die Zeit- und Streitgenossen,
Die damals, liegend auf der Lauer,
Das Üble wußten, viel genauer.
Jetzt steht, die Haare silberweiß,
Der Mensch als edler, hoher Greis
Inmitten all der jüngern Leute,
Die gelten lassen nur das Heute
Und nichts mehr wissen von dem Lästern
Von gestern, ja von vorvorgestern.
Ein Wicht selbst wird zum Ehrenmann –
Sofern ers nur erleben kann.

Abdankung

Ein Mensch, als junger Feuergeist,
Der Lügen warmes Kleid zerreißt
Und geht – welch herrlicher Charakter! –
Kühn durch die Welt nun als ein Nackter.
Der Mensch wird alt, die Welt wird kalt:
Die Zeit zeigt ihre Allgewalt.
Der Mensch hälts, frierend, nicht mehr aus –
Froh wär er um den alten Flaus.
Doch hat er den nicht nur zerrissen,
Nein, auch die Fetzen weggeschmissen.
Mit Müh erwirbt er, so im Zwange,
Sich Weltanschauung von der Stange
Und geht nun, bis zu seinem Tode,
Gleich all den andern, nach der Mode.

Der Freigeist

Ein Mensch warf Gott zum alten Eisen,
Um sich als Freigeist zu erweisen.
Ein Unmensch aber, aus dem Schrott,
Zog den verworfnen lieben Gott
Und machte daraus tausend Gottchen,
Im Auto baumelnd als Maskottchen.
Der Mensch vertraut auf dies nun frech,
Daß *ihn* es schütze – und sein Blech.

Juristisches

Ein Mensch sieht nie mehr auf der Bühne
Das alte Stück von Schuld und Sühne;
Es herrscht auf dem Justiztheater
Schon längst nur noch der Psychiater,
Sich grabend bis zur Wurzel tief:
Nur kleptomanisch-depressiv
Und zur Bewährung drum empfohlen
Wird jeder fast, der was gestohlen;
Und geistgestört, nur partiell,
War noch der schlimmste Mordgesell.
Was schiert, weiß einer um die Mittel,
Ihn noch das Staatsanwalt-Gekrittel?
Es lächelt, vor dem Schwurgericht
Verteidigers Augur-Gesicht.
Verstand? Das wäre ja zum Lachen!
Der *Sachverständige* wirds machen!
Nichts freut an solcherlei Prozessen –
Nur für die Presse ists ein Fressen!

Krokodilstränen

Ein Mensch – und solch ein Mensch ist rar! –
Hilft gegen Tränen rasch und bar!
Ein Unmensch gibt nicht einen Pfennig,
Doch weint er dafür mit ein wenig.

Stadt-Einsamkeit

Ein Mensch lebt stumm – daß ein Trappist
Dagegen noch ein Schwätzer ist –
Ganz einsam in der Riesenstadt,
In der er keinen Menschen hat.
Und das inmitten von Millionen,
Die neben-, unter-, überwohnen.
Vergebens sucht bei Hoch und Niedern
Der arme Mensch sich anzubiedern,
Doch keiner der An-sich-nur-Denker
Ist hilfsbereit als Wortverschenker.
Zuletzt spricht nachts ein Weib er an –
Von dem man *alles* haben kann.
Er bietet ihr die Sündengabe,
Nur, daß er eine Ansprach habe,
Ein Viertelstündchen als Begleiter –
Er wolle, fleht der Mensch, nichts weiter.
Doch die, mißachtend den Gewinst,
Entflieht voll Angst: „Ich glaub, Du spinnst!"

Absage

Ein Mensch zählt nicht zu den Bewertern
Des Ruhms nach Eichenlaub und Schwertern.
Doch auch durch Nichtbesitz von diesen
Ist nichts Entscheidendes bewiesen.

Einbildung

Ein Mensch hält sich, wie viele Männer,
Für einen großen Frauenkenner:
Nicht wegen allzureicher Ernte –
Nein, weil er *keine* kennen lernte!

Ars amandi

Ein Mensch, der wüst ein Weib zertrümmert
Und sich nicht um die Scherben kümmert,
Ist zwar, als Mensch, oft minderwertig,
Doch schnell mit solchen Sachen fertig.
Und hat ein Herz er glatt gebrochen,
Dann heilts auch, oft schon nach vier Wochen.
Ein andrer Mensch, der nicht so roh,
Macht es im Grunde ebenso,
Doch drängts ihn seelisch, bei den Frauen,
Von Zeit zu Zeit noch nachzuschauen,
Wie großen Schaden sie gelitten.
Das Herz vermag er nicht zu kitten –
Nur dies erreicht der, ach, so Gute:
Daß immer frisch es wieder blute.
Der Mensch wirkt ärger, als ein frecher
Doch wohlgeübter Herzensbrecher.
Drum raten wir, daß er sich hüte
Vor Güte, die nur zweiter Güte.

Begräbnis

Ein Mensch, der, wie gelebt zu haben,
Man wünscht, gelebt hat, wird begraben. –
Und zwar bei zwanzig Grad, im Jänner:
Der Frost steigt in die Knie der Männer.
Der Pfarrer sagt, ein schlichter Greis,
Was er seit gestern flüchtig weiß.
Die Männer wissens lange schon –
Auch stehts in jedem Lexikon.
Ein alter Freund, ein beinah blinder,
Liest mühsam ab aus dem Zylinder
Samt den Verdiensten, den erworbnen,
Die nähern Daten des Verstorbnen.
Die Liebe höret nimmer auf:
Ein dritter gibt den Lebenslauf.
Ein völlig unbekannter Mann
Spricht lang, obwohl er es nicht kann.
Ihm folgt ein weitrer Wortewürger
Aus Tupfing, für den Ehrenbürger.
Ein Dichter, ohne Gnade, spricht
Ein lang nicht endendes Gedicht.
Noch länger spricht ein Mann, der klagt,
Vorredner hättens schon gesagt.
Und viele stehn noch da mit Kränzen,
Bereit, rhetorisch hier zu glänzen.
Sein Leben lang geliebt, wird fast
Der Mensch im Grabe jetzt gehaßt.

Unerwünschte Begegnung

Ein Mensch trifft auf der Straße wen,
Der hocherfreut ist, ihn zu sehn,
Und herzlich schüttelt ihm die Hand,
Noch eh der Mensch zurecht sich fand.
Nur heimlich überläufts ihn heiß:
Er weiß doch, daß er da was weiß...
Jäh fällt, erinnerungsentnebelt,
Ihm ein, daß der einst feldgewebelt
Und daß er schwur, ein solcher Schuft,
Sei fürder einfach für ihn Luft.
Jetzt kreuzt er seinen Lebenspfad
Als alter Weltkriegskamerad...

Entomologisches

Ein Mensch, als Ehemann sonst bräver,
Geriet an einen netten Käfer,
Mit dem er sich, moralgekräftigt,
Aus reinem Wissensdrang beschäftigt.
Er glaubt' denn auch, er hätt entdeckt,
Ein neues, reizendes Insekt.
Doch leider wars nur eine Wanze,
Die beutegierig ging aufs Ganze.
Der Mensch bezahlte nun sein Wissen
Noch lange mit Gewissensbissen.

Entwicklung

Ein Mensch, der beste Mensch der Welt,
Wird eines Tages angestellt
Und muß – er tuts zuerst nicht gern –
Laut bellen nun für seinen Herrn.
Bald wird er, wie es ihm geheißen,
Die Zähne zeigen, ja, gar beißen.
Er wird sein Amt – im Bild gesprochen –
Wild fletschend, wie der Hund den Knochen,
Den einer ihm mißgönnt, verteidigen –
Ein schiefer Blick kann ihn beleidigen.
Dann wird er milder: Zahn um Zahn
Wird stumpf und fängt zu wackeln an –
Bis schließlich er, als Pensionist,
Fast wieder Mensch geworden ist.

Wissen ist Macht

Ein Mensch, der dummerweis gedacht,
*Mit*wissen erst sei wirklich Macht,
Hat zu beweisen nichts vermocht
Und wurde deshalb eingelocht.
Von Stund an nicht mehr klatschbeflissen,
Beschloß er, nie mehr was zu wissen.

Sensation

Ein Mensch, sein Leben schroff zu kürzen,
Will sich von einer Brücke stürzen –
Als sich ein Unmensch eilig naht:
Nicht, wie man hofft, zur Rettungstat, –
Mit Blitzlicht knipst er das Gespringe,
Verkaufts für dreißig Silberlinge,
So rasch, daß schon im Morgenblatt
Die Welt es zu begaffen hat.
Der Mensch, vielleicht, wär noch am Leben,
Hätt *ihm* wer dreißig Mark gegeben.
Der Unmensch schwärmt noch lang vom Glücke,
Das ihm begegnet an der Brücke…

Überlegung

Ein Mensch, der kindlich, ohne Spott,
Gefürchtet sich vorm lieben Gott,
Weil dessen Auge, Tag und Nacht,
Ihn unerbittlich streng bewacht: –
Jetzt, als Erwachsner, sich gesteht:
Der liebe Gott ist indiskret!

Falsche Rechnung

Ein Mensch, in siebzig Arbeitsstunden,
Ja, selbst am Sonntag einst geschunden,
Hat diese Sklaverei gebrochen:
's gibt nur noch Vierzigstundenwochen!
Was einem recht, sei andern billig:
Schon ist kein Mensch mehr arbeitswillig.
Wer soll die Freizeit *nicht* genießen?
Dienststellen und Geschäfte schließen,
Die Post steht fast nicht mehr in Frage;
Gaststätten haben Ruhetage.
Der Bäcker kommt auf den Geschmack,
Daß er frühmorgens nicht mehr back',
Der Wächter selbst, der bisher brave,
Besteht drauf, daß des Nachts er schlafe;
Um zehn Uhr schließt das Kabarett:
Die Mädchen wollen auch ins Bett!
In einer Welt, so aufgeweicht,
Macht sich der Mensch das Leben leicht –
Bis er dann doch merkt, mehr und mehr:
Er macht sich nur das Leben schwer.

Zwischen den Zeiten

Ein Mensch Vergangenheit bewältigt –
Die Zukunft sich verhundertfältigt!

Das Böse

Ein Mensch – was noch ganz ungefährlich –
Erklärt die Quanten (schwer erklärlich!).
Ein zweiter, der das All durchspäht,
Erforscht die Relativität.
Ein dritter nimmt, noch harmlos, an,
Geheimnis stecke im Uran.
Ein vierter ist nicht fernzuhalten
Von dem Gedanken, kernzuspalten.
Ein fünfter – reine Wissenschaft! –
Entfesselt der Atome Kraft.
Ein sechster, auch noch bonafidlich,
Will die verwerten, doch nur friedlich.
Unschuldig wirken sie zusammen:
Wen dürften, einzeln, wir verdammen?
Ists nicht der siebte erst und achte,
Der Bomben dachte und dann machte?
Ists nicht der Böseste der Bösen,
Ders dann gewagt, sie auszulösen?
Den Teufel wird man nie erwischen:
Er steckt von Anfang an dazwischen.

Denker

Ein Mensch ist sonst ein Denk-Genie.
Nur eins: an andre denkt er nie!

Entwicklung

Ein Mensch kriegt' einst (und fands zu teuer!)
Ein wahres Schnitzel-Ungeheuer.
Dann wards allmählich immer kleiner,
Dann zahlte zwei Mark er statt einer.
Dann schrumpfte neuerdings es stark.
Dann wieder stieg es auf drei Mark.
Dann wars nur noch ein Gaumenkitzel.
Dann kostete vier Mark dies Schnitzel.
Das Wechselspiel geht immer schneller:
Fünf Mark für beinah leeren Teller.
Von Wirtschaftswunder-Schmus umgaukelt,
Wird es dem Nichts so zugeschaukelt.
Zuletzt – der Himmel mög uns schonen! –
Gibts wieder gar keins – für Millionen!

Immer ...

Ein Mensch erklärt, es sei im Leben
Das Klügste, *immer* nachzugeben.
Ein andrer Mensch ihm widerspricht
Und meint, bescheiden: immer nicht!
Nur so von Fall zu Fall, beliebig –
Jedoch der Mensch bleibt unnachgiebig.

Das Opfer

Ein Mensch sitzt still ... still ruht der See.
Dem Menschen tut das Herz so weh,
Weil Liebesleid und Radioklimpern
Oft treibt die Tränen in die Wimpern ...
Doch horch! da naht sich eine Schnake,
Setzt sich dem Menschen auf die Backe,
Der höchst gespannt und voller List
Nun harrt, bis sie am Werke ist.
Dann schlägt er zu, sich selbst nicht schonend
Und siehe, dieser Schlag war lohnend.
Der Mensch, der heiter das Insekt
Zerquetscht an seiner Hand entdeckt,
Nun obendrein noch wüst beschimpft
Das Vieh, das schmerzhaft ihn geimpft. –
Obgleich er einzig *ihm* verdankt,
Daß er nicht seelisch schwer erkrankt:
Die Untat nämlich, blutig-roh,
Die macht ihn wieder lebensfroh.

Der Weltflüchtige

Ein Mensch verkündet, gramzerrissen:
Nichts woll' er von der Welt mehr wissen.
Doch rasch erliegt er altem Zwang:
„Wo bleibt die Zeitung heut so lang?!"

Vergeblicher Wunsch

Ein Mensch wird krank am Wunsch, dem einen:
Nur einmal laut *hinaus*zuweinen!
Das wär ihm eine rechte Lust –
Doch, ach, es fehlt dazu die Brust.
So bleibt es bei der alten Pein:
Er weint nur still in sich *hinein*.

Der Mahner

Ein Mensch, der lange schon, bevor
Das Unheil kam, die Welt beschwor,
Blieb leider völlig ungehört...
Jetzt kommts! Und jeder schreit empört:
Schlagt doch zuerst den Burschen tot –
Er hat schon lang damit gedroht!

Enttäuschung

Ein Mensch, der nicht mehr daran dachte,
Daß sich ein Weib was aus ihm machte,
Fand doch noch eins, verdächtig lieb:
Es rühmte ihn als Herzensdieb.
Doch bald hat er sich schlicht empfohlen:
Das Weib war völlig ausgestohlen.

Variationen

Ein Mensch bei Weibern nichts erreicht. –
Ein zweiter meint: „... und ist so leicht!"
Der wiederum, so weiberstark,
Müht sich vergebens um zehn Mark.
Der Mensch, nicht in der Gunst der Weiber,
Verdient die leicht, als Zeitungsschreiber.
Nun kommt ein Fall, besonders bitter:
Ganz geld- und weiblos bleibt ein dritter.
Ein vierter prahlt mit üblen Siegen:
Mit Geld sind Weiber leicht zu kriegen.
Der fünfte ist der wahre Held:
Durch Weiber erst kommt er zu Geld!

Zu spät

Ein Mensch zertritt die Schnecke, achtlos.
Die Schnecke ist dagegen machtlos.
Zu spät erst kann sie, im Zerknacken,
Den Menschen beim Gewissen packen.

Wachet und betet!

Ein Mensch lebt brav als Mensch und Christ
In dieser Welt voll Teufelslist.
Der Christ in ihm schläft langsam ein. –
Wird er da lang ein Mensch noch sein?

Ruhige Zeiten

Ein Mensch sieht rings nur brave Leute:
Verschwunden ist die wilde Meute.
Nach Adam Riese zählt ein Kind,
Daß es die gleichen Leute sind.

Der Geschäftige

Ein Mensch, der sich im Ruhm gefällt,
Er kenne Gott und alle Welt,
Wird bald am Überflusse leer:
Gott kennt er heute längst nicht mehr.

Der Kreisel

Ein Mensch hat einen Kreisel, rund,
Bemalt in sieben Farben, bunt.
Er peitscht ihn an, der Kreisel schwirrt,
Bis schneller er – und *grauer* wird...
Soll unser Leben bunter bleiben,
Darf mans nicht allzu munter treiben.

Am Strom der Zeit

Ein Mensch – gewiß, der Mensch tat übel! –
Trägt seinen kleinen Unratkübel
An das Geländer einer Brücke;
Doch geht der Kübel dran in Stücke.
Der Mensch, mit Jauche arg begossen,
Bleibt Abscheu aller Zeitgenossen.
Ein Unmensch geht zum gleichen Zwecke
Zur Brücke hin mit seinem Drecke
Und siehe da, die Tat gelingt –
So, daß der Unmensch nicht mehr stinkt.
Er stellt sich dreist zu all den Leuten,
Die strafend auf den Menschen deuten.

Nachsicht

Ein Mensch erblickt ein Weib, bepelzt,
Das stolz an ihm vorüberstelzt.
Der Pelz, mit Leopardentupfen,
Ist freilich nur ein bessrer Rupfen;
Doch lebt das Weib im holden Wahn,
Man säh ihm dies nicht weiter an.
Und in der Tat: obgleich im Bilde,
Schaut drüber weg der Mensch voll Milde.
Ein Beispiel, auch für Lebenslügen:
Laßt doch den Leuten ihr Vergnügen!

Voreiliges Mitleid

Ein Mensch, dem Großstadtlärm und -Stank
Entflohn, setzt sich auf eine Bank,
Wo, als auf einer Insel, grün,
Rings Bäume rauschen, Blumen blühn.
Ein andrer Mensch, erschöpft, verhetzt,
Hat sich daneben hingesetzt.
Wie gut wird es dem Ärmsten tun –
So denkt der Mensch – hier auszuruhn.
Gleich wird er jetzt die Augen schließen,
Das Glück der Stille zu genießen.
Doch der, mit dem er Mitleid hat,
Schlägt auf voll Gier das Abendblatt
Und liest, mißachtend die Natur,
„Im Mordfall Nuschke erste Spur!"

Öffentliche Meinung

Ein Mensch, der aus der Zeitung hört,
Er sei aufs äußerste empört
Und schreie, in bewußter Sache,
Als Mann des Volkes laut nach Rache,
Behorcht sich tief und ist erstaunt,
Daß nichts in ihm, selbst leis nur, raunt
Und daß von Freunden, gleichgestimmt,
Er auch nicht einen Ton vernimmt.
Derselbe Mensch, ein andermal,
Tobt über einen Mords-Skandal
Und glaubt nun fest, aus allen Blättern
Werd das Signal zum Angriff schmettern.
Doch wird, ganz ohne Rache-Rasen
Zum Rückzug überall geblasen.
Wozu regt er sich auf? Wozu?
Weiß er denn gar nichts von tabu?
Es gibt doch, was er nicht vergesse,
Nicht nur das höhere Intresse,
Nein, auch – wenn er die Welt verstünde –
Die tief- und tiefern Hintergründe.

Erlebnis

Ein Mensch hat von der Tür gewiesen
Ein Weib, das ihm was angepriesen –
Und obendrein den Schlaf vergällt,
Den er um diese Stunde hält.
Man sollt die Leut mit Hunden hetzen,
Die so die Mittagsruh verletzen!
Doch sieh, schon tuts dem Menschen leid:
Es regnet draußen, ja, es schneit!
Das Weiblein, sollt man nicht vergessen,
Hat vielleicht Mittag nicht gegessen
Und muß nun, um geringen Nutzen
Im Umkreis Klink um Klinke putzen.
Ganz sicher findets in der Regel,
So denkt er, lauter solche Flegel.
Der Mensch, beschimpfend seine Schmach,
Läuft trotz des Sturms dem Weiblein nach –
Was, nebenbei, mit nassen Füßen
Und Schnupfen er noch lang muß büßen –
Und heut noch trägt er daran schwer:
Er fand die arme Frau nicht mehr!

Der Zufriedene

Ein Mensch fährt glücklich zu den Toten:
Ihm reichts, was ihm die Welt geboten.
Nie dacht' er dran – was wir ihm gönnen! –
Was sie ihm hätte bieten *können!*

Überschätzung

Ein Mensch bewertet sich nicht schlecht:
Er hält sich durchaus für gerecht.
Nie merkt er, daß er nur, voll List,
Gerecht in allen Sätteln ist.

Unerfreuliche Zeitgenossen

Ein Mensch sieht just die größten Nieten,
Die selbst nicht das Geringste bieten,
Am allerschärfsten darauf passen,
Daß sie sich auch nichts bieten lassen.

Wer weiß?

Ein Mensch schreibt feurig ein Gedicht:
So, wies ihm vorschwebt, wird es nicht.
Vielleicht hat Gott sich auch die Welt
Beim Schöpfen schöner vorgestellt.

Je nachdem

Ein Mensch sagt bitter: „Weiß Gott, wo!“
Ein andrer, milde: „Gott weiß, wo!“
Durch sprachlich kleinsten Unterschied
Getrennt man ganze Welten sieht.

Zweierlei

Ein Mensch weist durchwegs schroff zurück
Die Meinung: „Unverdientes Glück“.
Doch gerne zollt er seine Huld
Der Fassung: „Unglück ohne Schuld“.

Dichterlos

Ein Mensch schreibt, ohne zu erlahmen,
Nur, sich zu machen einen Namen.
Der glänzt denn auch in Goldbuchstaben,
Doch dort bloß, wo er eingegraben.

Gewissenserforschung

Ein Mensch, statt daß er sich beklag
Darüber, daß kein Mensch ihn mag,
Prüf, als Gerechter, vorher sich:
„Genau genommen – wen mag ich?!"

Philosophischer Disput

Ein Mensch verteidigt mit viel List:
Die Welt scheint anders, als sie ist!
Sein Gegner aber streng verneint:
Die Welt ist anders, als sie scheint.

Verkehrte Welt

Ein Mensch auf Sauberkeit besteht,
Obwohls ihm ziemlich dreckig geht.
Ein Unmensch zieht – oh Widersinn! –
Aus Schmutzgeschäften Reingewinn.

Lob und Tadel

Ein Mensch weiß aus Erfahrung: *Lob*
Darf kurz und bündig sein, ja grob.
Für *Tadel* – selbst von milder Sorte –
Brauchts lange, klug gewählte Worte.

Unterschied

Ein Mensch sieht staunend, wie das „Heute"
Verschiedenes der Welt bedeute:
Den einen bleibts des „Gestern" Duft –
Die andern wittern Morgenluft.

Ein Beispiel

Ein Mensch, der an der Spritze steht,
Bekämpft den Brand, so gut es geht,
Bis er zuletzt nur noch zur Not
Entrinnt dem eignen Feuer-Tod.
Ein Unmensch, der am Stammtisch sitzt,
Hätt weitaus tapferer gespritzt.
Er überzeugt nun, gar nicht schwer,
Sogar den Menschen, hinterher,
Mit prahlerischen Redeflüssen,
Daß er hätt besser spritzen müssen.
Und aus dem Menschen wird zuletzt
Ein Feigling gar, der pflichtverletzt.
Und alle rühmen um die Wette,
Wie gut gespritzt der Unmensch *hätte*.

Zivilcourage

Ein Mensch erfährt, daß unsre Zeit
Voll sei von Rücksichtslosigkeit.
Doch sieht aus Feigheit, aus bequemer,
Er ringsum lauter Rücksichtnehmer.
Die Freiheit geht wohl doch im Grunde
Aus solcher Rücksicht vor die Hunde.

Der Zauderer

Ein Mensch wollt gern mit vollen Händen
Sein Dasein an die Welt verschwenden;
Er war auch durchaus zahlungswillig –
Doch schien ihm hier ein Witz zu billig
Und viel zu teuer dort ein Spaß –
Kurz, jedesmal mißfiel ihm was.
Noch eh er richtig es begehrt,
Fand ers der Mühe nicht mehr wert.
Sollt er aufs Glück zu bieten wagen?
Schon wards Entschloßnern zugeschlagen:
Kurz, er verpaßte mit der Zeit
Gelegen- um Gelegenheit.
Der Mensch, als Greis, sich selber grollte,
Weil er sich doch verschwenden *wollte*.
Zum Schlusse hat auch er sein Leben
Dem lieben Gott zurückgegeben:
Zwar arg verstaubt und geizverschmutzt,
Sonst aber völlig unbenutzt.

Empfindlich

Ein Mensch möcht, wie heut alle Welt,
Verdienen möglichst leicht sein Geld.
Doch wird er wild, bezweifelts wer,
Daß ers verdien besonders schwer.

Der Harmlose

Ein Mensch von glücklicher Natur
Zeit seines Lebens nicht erfuhr,
Daß der und jener Mensch ihm grollte
Und heimlich Böses antun wollte.
Die Welt, die grause Schlangengrube,
War ihm wie seine gute Stube.
Selbst wenn sichs rund um ihn geringelt
Von Nattern, die ihn wüst umzingelt,
Blieb, nur durch eigne Heiterkeit,
Er gegen jeden Biß gefeit. –
Es sollen, als man ihn begraben,
Geweint sogar die Schlangen haben.

Test-Sucht

Ein Mensch weiß, von Verstand gesund,
Längst, wo begraben liegt der Hund.
Ja, selbst die dümmsten Menschen haben
Seit je gewußt, wo er begraben.
Und alle Welt kennt das Ergebnis
Von dieses Hundes Erbbegräbnis.
Doch jetzt erst wird, was lang erhärtet,
Streng wissenschaftlich ausgewertet
Und jeder Zweifel dran besiegt,
Daß hier der Hund begraben liegt.

Verhinderter Wohltäter

Ein Mensch im Rundfunk eben hört:
„Sturmflut hat eine Stadt zerstört!“
Schon reift sein Mitleid zum Entschluß,
Daß hier geholfen werden muß.
Doch wie? Die Welt hilft ohnehin
Weit mehr als nötig, ohne ihn.
Derselbe Mensch hört wenig später,
Ein Werk der Nächstenliebe tät er,
Gäb er ein Scherflein einem Mann,
So arm, daß kaum er leben kann.
Er ist auch diesmal sehr gerührt
Und fast zur guten Tat verführt.
Doch wie? Sollt er sein Geld verzetteln,
An Schnorrer, die die Welt bebetteln? –
Der Mensch wär gut – das Unglück bloß
War hier zu klein, war dort zu groß.

Das Netz

Ein Mensch sieht nichts so fein gesponnen,
Daß es nicht käme an die Sonnen;
Den größern Vorteil drum gewinnt,
Wer gleich von Anfang gröber spinnt,
Weil wenigstens das Netz dann hält,
Das er den andern schlau gestellt.

Vergebliche Jagd

Ein Mensch ist rastlos auf der Jagd
Nach rarstem Wild: nach einer Magd!
Er inseriert in Blatt und Blättchen –
Doch suchen Hunderte ein Mädchen.
Er fragt Bekannte, späht und horcht.
Die erste, sichtlich schon bestorcht,
Spricht vor – und sie will wiederkommen –
Vermutlich nur zum Niederkommen.
Die zweite möcht – und tut noch gnädig –
Mitbringen gleich zwei Kinder, ledig.
Die dritte zeigt sich gern bereit
Zu allem – nur nicht Hausarbeit!
Die vierte muß er rasch entlassen:
Sie hat im Schrank nicht alle Tassen.
Und das hat auch die fünfte nicht, –
Die nur, weil alle sie zerbricht.
Die sechste, grad erst frisch vom Land,
Verlangt vierhundert, auf die Hand.
Die siebte, alt und, scheints, bewährt,
Hat gleich die Ihren miternährt.
Die achte muß der Schutzmann holen,
Sie hat den Menschen ausgestohlen.
Wegjagen muß er auch die neunte,
Weil Nacht für Nacht sie draußen streunte.
Nun seufzt der Mensch: „Dann lieber keine!
Wir machen jetzt den Dreck alleine!"
Die Reu ist lang nach kurzem Wahn –
Dann geht die Jagd von vorne an...

Partys

Ein Mensch war überall dabei,
Wos galt, zu hörn den letzten Schrei.
Dem Klüngel er sich stets gesellte,
Der allerjüngste Kunst ausstellte,
Man sah zu jedem Geist-Verzapfen
Sogar durch Schnee und Eis ihn stapfen.
Es waren immer nur die Gleichen
Beim Pfötchen- und beim Brötchenreichen.
Doch plötzlich hat der Mensch entdeckt:
Er will ja gar nicht Schmus mit Sekt!
Er ließ sich nicht mehr überlisten,
Zu machen andern den Statisten,
Die nur bedürfen all der vielen,
Damit sie große Rollen spielen.
Der Mensch ist nun daheimgeblieben –
Ein Jahr, dann war er abgeschrieben.
Er schmollt, er grollt, er ärgert sich:
Kein Mensch mehr kümmert sich um mich!

Gegenseitig

Ein Mensch beklagt das Widerstreben
Der andern, ganz (sich) hinzugeben.
Er müßt zur Frage sich bequemen:
War *er* bereit, ganz hinzunehmen?

Ohne Glück

Ein Mensch, der im Gewühl der Stadt
Lang auf die Tram gewartet hat,
Bei Wind und Regen obendrein,
Steigt schon mit einem Fuße ein –
Da fleht ihn an ein fremder Herr:
„Wo Hoffbräu, sagen, bitte serr!?“
Dem Menschen ist, obwohl er eilig,
Die Gastpflicht über alles heilig,
So daß er rasch – schon sprachlich schwierig! –
Den Herrn belehrt, der wissensgierig,
Mit Hilfe manches Händewinks:
„Gerade aus, dann zweite links!“
Der Mensch hat Glück, steigt ein noch, knapp –
Die Türe schließt, die Tram fährt ab.
Beinah hätt man ihn eingezwickt!
Der neue Schirm, der ist geknickt –
Ein Opfer menschlicher Verpflichtung! – –
Der Herr enteilt – in falscher Richtung ...

Unterschied

Ein Mensch knirscht zornig, weil besiegt,
Daß Recht stets der Gewalt erliegt.
Derselbe Mensch, als Sieger, spricht:
Recht kommt doch immer noch ans Licht!

Der unerwünschte Bundesgenosse

Ein Mensch besucht, zwecks Geist-Erhellung,
Die jüngste Malerei-Ausstellung.
Doch statt erhellt, wird er verdüstert –
So daß er ziemlich hörbar flüstert,
Dies geh zu weit: dies wilde Kritzeln,
Dies Kleben, bloß aus Abfallschnitzeln!
Dies Farben-nur-aus-Tuben-drücken
Zähl zu den frechsten Bubenstücken.
Schon hat an ihn, der laut gedacht,
Ein Unmensch sich herangemacht:
„Aufhängen sollt man das Gesindel
Anstatt der Bilder! Terror!! Schwindel!!
Gottlob, es gibt noch deutsche Männer!
Ich sehe schon, Sie sind ein Kenner!"
Der Mensch, von Schrecken ganz gelähmt,
Entfernt sich wortlos und beschämt,
Weil er die Schleusen selbst erschlossen
Des Unrats, der ihn jetzt begossen.

Umgekehrt

Ein Mensch wird „Pessimist" geschmäht,
Der düster in die Zukunft späht.
Doch scheint dies Urteil wohl zu hart:
Die Zukunft ists, die düster starrt!

Sport

Ein Mensch weiß noch aus Kindertagen
Vom Glanz der alten Heldensagen.
Nur Siegfried hat er nicht gemocht,
Von kleinauf, weil der unfair focht.
Und immer hat ihn schon erzürnt,
Daß der getarnt war und gehürnt.
Sich solcher Finten zu erdreisten,
Dürft heut kein Kämpfer mehr sich leisten.
Er würde *dis-* (mit einem Wort!)
Qualifiziert in jedem Sport
Und alle Blätter würden melden
Die Schande so entlarvter Helden.
Den Vorteil hat die Gegenwart:
Die Gleichberechtigung beim Start.
Obwohl der Mensch sich oft ertappt
Beim Wunsch, *er* wäre tarnbekappt,
Sah er moralisch sich verpflichtet,
Daß er auf solchen Trick verzichtet.

Lieblos

Ein Mensch erblickt, auf magrer Erde
Ein Kraut, sich mühend, daß es werde.
Er hofft, es werd vielleicht einst blühn –
Auf jeden Fall ist es schon grün.
Ein Unmensch kommt und reißt es aus:
Es wird ja doch nur Unkraut draus!

Freundschaften

Ein Mensch, im Freundesbund der dritte,
Stand schön und arglos in der Mitte.
Da schreibt der erste, aufgebracht,
Daß mit dem zweiten er verkracht,
Der sich als Schuft erwiesen habe:
Drum sei hier Feindschaft, bis zum Grabe.
Und auch der Mensch müßt sich entscheiden
Und künftig diesen Burschen schneiden.
Des Menschen sich nun Zorn bemächtigt,
Daß Eintracht also einbeträchtigt;
Er schwört, wieviel er auch dran büßt,
Daß er den Lumpen nicht mehr grüßt.
Jedoch – er meint, ihn trifft der Schlag! –
Er sieht bereits am Nachmittag,
Als ob geschehn nichts weiter sei,
Lustwandeln Arm in Arm die zwei.
Der Mensch, mit beiden jetzt als Feinden,
Läßt sich nicht wieder eingemeinden.

Überforderung

Ein Mensch bemerkt mit stillem Grollen:
Selbst Leute, die sein Bestes wollen –
Mißt er es nur mit strengem Maß –
Sie wollen was, sie wollen was!

Unbildung

Ein Mensch liest nun seit Jahren schon
Das Schlagwort: Integration.
Der Mensch ist sonst ein geistig reger
Und, wie er glaubt, bisher integer –
Und weiß doch nicht, was allen Leuten
Geläufig scheint, so recht zu deuten.
Wie? denkt der Mensch, das wär noch schöner:
Wozu gibt es denn Lexiköner?
Und wirklich sucht er nicht vergebens:
„Sinnheit reellen Geisteslebens"
Als „Ganzheit", „Kollektivsystem"
Wirds angewendet, je nachdem.
Der Mensch vermeint nun, sehr viel schlauer,
Er wüßt es jetzt auf Lebensdauer.
Doch bald er allen Mut verliert:
Es wimmelt nur von „integriert..."
Kaum daß er denkt, daß es wo paßt,
Sieht ers schon anders aufgefaßt.
Statt sich noch weiter drum zu kümmern,
Zählt schlicht der Mensch sich zu den Dümmern.

Aufpassen!

Ein Mensch sollt immer auf der Hut sein:
Es trügt der Schein – sogar der Gutschein!

Das Wiedersehen

Ein Mensch, im Anzug, seinem guten,
Steht schon im Regen, zehn Minuten
Und harrt auf seine Straßenbahn:
Die Linie drei kommt, endlich!, an.
Hinein! Doch sieh, wer steigt da aus? –
„Ja, servus, grüß Dich, altes Haus!“ –
Ein Freund aus fernen Jugendjahren . . .
Wen läßt der Mensch nun besser fahren?
Die Straßenbahn, nach langem Hoffen?
Den alten Freund, den er getroffen??
Der Mensch, obgleich es stärker gießt,
Zur Freundestreue sich entschließt.
Doch eh die zwei der uralt-jungen
Gemeinsamen Erinnerungen
Sich zu entladen nur beginnen –
Ist schon der gute Freund von hinnen:
„Ein andermal!“ ruft der und lacht, –
„Verzeih, da kommt grad meine Acht!“

Alter Trick

Ein Mensch braucht alle Seelenkraft,
Daß er sein Mensch-Sein selber schafft.
Ein Unmensch kennt den Trick, den kleinen:
Auf andrer Kosten Mensch zu scheinen.

So kommts

Ein Mensch steht, nur als Publikum,
Mit tausend andern dumm herum,
In Sonnenglut und Regenschauer,
Seit drei, vier Stunden auf der Lauer
Mit heißem Herzen, kalten Füßen,
Den großen Staatsmann zu begrüßen.
Er brüllt im Massen-Jubelschrei –
Wie? Wo? Der Zug ist schon vorbei.
Der Mensch nun denkt, was viele dachten:
Derlei im Fernsehn zu betrachten,
Wo hundertäugig, was geschieht,
Die Kamera für ihn besieht.
Hier Zukunft deuten, ist nicht schwer:
Die Straßen bleiben menschenleer,
Weil niemand mehr gesonnen ist,
Herumzustehen als Statist.
Zwar unumjubelt, aber schneller
Fährt durch die Stadt der Hauptdarsteller –
Wodurch, das sei schon heut betont,
Sich selbst das Fernsehn nicht mehr lohnt.

Grenzfall

Ein Mensch sieht nur ein bißchen scharf –
Schon sieht er schärfer, als er darf!

Große Erwartungen

Ein Mensch vom großen Cäsar hörte:
Der konnte, ohne daß ihns störte,
Um weiter Zeit nicht zu verlieren,
Gleichzeitig schreiben und diktieren:
Triumph der Konzentration!
Viel weiter bringts des Menschen Sohn,
Der unterm Essen Zeitung liest,
Derweil ein Bach durchs Radio fließt,
Und der, indes das Fernsehn flimmert,
An seinen Basteleien zimmert
Und obendrein von Gott und Welt
Mit einem Freund sich unterhält.
Ja, zwischendurch macht dieser Knabe
Sogar noch seine Hausaufgabe.
Der Mensch darf drum als Vater hoffen:
Wer jung schon Cäsarn übertroffen,
Wird, ein Genie ganz ohnegleichen,
Im Leben allerhand erreichen.

Für Edelmütige

Ein Mensch ist edel, hilfreich, gut,
So daß er viel für andre tut –
Auch noch, nachdem er festgestellt:
Es gibt nur „andre“ auf der Welt.

Die Prüfung

Ein Mensch sieht sich auf dieser Welt
Vor mehr als ein Problem gestellt.
Der liebe Gott, ein strenger Lehrer,
Macht ihm die Schule täglich schwerer.
Der Mensch meint oft, daß er es spürt,
Wie über ihn wird Buch geführt
Und wie im Himmel hoch ein Engel
Notiert die Leistung wie die Mängel –
Und wie wohl auch der Teufel schreibt,
Was alles er an Unfug treibt.
Wie gern möcht er – doch ists verboten! –
Nur einmal spitzen in die Noten:
Ob er ein Einser-Schüler sei,
Ob höchstens Durchschnitt, so um drei?
Ob er das Klassenziel erreicht,
Erfährt er, nach dem Tod, vielleicht!
Doch Reue keinen Sinn dann hat:
Die Prüfung fand auf Erden statt.

Der Erfolgreiche

Ein Mensch – ein Unmensch mehr, vielleicht,
Hat wirklich allerhand erreicht.
Die Welt nimmts hin und sie fragt nie,
Wie er es wohl erreicht hat, *wie!?*

Die Unvergeßlichen

Ein Mensch, den man sonst immer sah,
Ist eines Tages nicht mehr da.
Und jetzt erst merkt man, seit er fehlt,
Wie er die andern mitbeseelt.
Familie, Freunde und Verehrer
Beklagen, daß die Welt nun leerer;
Und trauernd wird der Mensch gepriesen:
Nie mehr sehn einen wir wie diesen.
Die Welt ist rund und dreht sich schnell
Und der Ersatzmann ist zur Stell.
Macht ers nicht grad besonders schlecht,
Ist er den Leuten auch ganz recht:
Am schnellsten sind (am Wert gemessen!)
Die Unvergeßlichen vergessen!

Bestimmung

Ein Mensch, der einsieht, mit der Zeit,
Man bringe es als Mensch nicht weit,
Ist, bisan brav und unverdrossen,
Zum Nicht-mehr-Menschsein wild entschlossen.
Doch Mensch-sein ist, wie er erkennt,
Ein unauslöschlich Sakrament.

Entwicklungen

Ein Mensch, der Willkür knapp entronnen,
Freut sich der Freiheit, frisch gewonnen.
Doch schon wirds ihm zum Ärgernis:
Die Welt braucht ihre Freiheit miß.
Der Mensch, mit nüchternem Verstand,
Ruft deshalb nach der festen Hand.
Da ist sie schon! – Der Mensch schreit: „Halt!"
Zu spät – sie ist zur Faust geballt.
Das ganze Spiel von vorn beginnt –
Ob noch einmal der Mensch entrinnt?

Befürchtung

Ein Mensch – trotz Schiller! – muß entdecken:
Der Mensch wächst *nicht* mit größern Zwecken.
Vielmehr, die Sorge ist zunächst,
Zu sehen, wie der Unmensch wächst.
Zumal, da sich, in feigem Flüchten
Die Menschen ihn im Treibhaus züchten.
Zwar bleibt er niedrig und gestrüppig,
Doch in die Breite geht er üppig:
Der *Mensch*, voreinst der Menschheit Stolz,
Kommt nicht mehr durch das Unterholz.

Der Kunstfreund

Ein Mensch – kein Unmensch, Gott bewahre! –
Rauft sich vor Kummer schier die Haare,
Wenn er bedenkt, daß – nicht zu fassen! –
Van Gogh man hat verhungern lassen,
Daß Sisley – schrecklicher Gedanken! –
Ein Bild hergab für zwanzig Franken,
Daß viele arm, verkannt gestorben,
Jetzt hochbezahlt und heiß umworben.
Der Mensch hätt damals wollen leben,
Begeistert alles hinzugeben.
Hingegen den versoffnen Lumpen,
Der jüngst gewagt, ihn anzupumpen,
Den Schmierer unterstützen? Nein!
So blöd wird er ja doch nicht sein!

Reue

Ein Mensch in Reuequalen schrie:
„Oh hätt ich nie, oh hätt ich nie!“
Dann wieder, und gar wilder noch:
„Oh hätt ich doch, oh hätt ich doch!“
Zu spät! Doch oft wie Scherben passen
Zusammen falsches Tun und Lassen!

Ungeduld

Ein Mensch, genötigt, Rat zu holen,
Wird einem Mächtigen empfohlen
Und wartet nun, geduldig-lange,
Daß dieser gnädig ihn empfange.
Doch sieht er dreist ins Zimmer treten
Unmenschen, gar nicht hergebeten;
Jetzt endlich, an der Reihe ist er –
Da heißts: „Der Herr muß zum Minister!"
Er kommt zurück – doch wie zum Hohn
Geht endlos jetzt das Telefon.
Der Mensch, sonst Warten nicht gewohnt,
Harrt aus, weil sich Geduld hier lohnt.
Doch plötzlich wird er wild und schreit,
Man glaube wohl, daß seine Zeit –
Schon eine Stunde! – er gestohlen?
Er werd beim Teufel Rat sich holen!
Der unberatne Mensch verläßt
Das Haus mit flammendem Protest.
Dies freilich blieb der einzige Rat,
Den ihm der Teufel geben tat.
Der Mensch muß Wochen nun verzetteln,
Ein zweites Treffen zu erbetteln,
Um zu erfahren, kühl empfangen:
„Tja, damals wärs wohl noch gegangen!"

Die lieben Nachbarn

Ein Mensch aus allen Wolken fällt:
Die Magd hat jahrlang ihn geprellt,
Ihn angelogen und bestohlen.
Er läßt drum einen Schutzmann holen,
Der dieses Mädchen nimmt in Haft.
Wie freut das rings die Nachbarschaft.
Vom sechsten Stock bis zum Parterr'
Wird hohn-beklagt der arme Herr,
Der – alle wußtens ja schon lange –
Genährt am Busen eine Schlange.
Es nimmt des Hauses Meisterin
Die Nachricht ganz begeistert hin,
Daß man das Miststück noch erwischt –
Sie hab sich bloß nicht eingemischt.
Die Milchfrau allen Kunden kündet,
Wie lang schon ihr Verdacht begründet
Und freudig-laut rühmt sich der Bäcker
Als frühesten Betrugs-Entdecker.
Gewarnt hat auch die Krämrin immer
Vor dem verdruckten Frauenzimmer,
Das sich so frech verlegt aufs Stehlen. –
Kurzum, es jauchzen alle Seelen.
Der Mensch, der magdlos, voll Verdruß,
Nun selbst sein Sach besorgen muß,
Ahnt nichts von solchen Wissens Macht:
„Kein Mensch“, heißts, „hätte das gedacht!“

Lauter Bekannte

Ein Mensch, bei einem Stehempfang,
Schwätzt herzlich, viertelstundenlang,
Mit einem zweiten, den er kennte,
Wenn der nur seinen Namen nennte.
Ein dritter heimlich ihn beschleicht:
„Verzeihn Sie, wissen *Sie* vielleicht?"
Der Mensch kennt dunkel nur den dritten;
Ein vierter, fünfter, sechster bitten,
Zu sagen ihm, mit wem er spricht.
Doch kennt der Mensch auch diese nicht.
Ein siebenter mischt ohne Zaudern
Sich mit in das vertraute Plaudern,
Ein achter gleichfalls nun so tut,
Als kennt' er all die Herren gut.
Ein neunter, der den Saal durchstreunt,
Begrüßt den Menschen: „Alter Freund!"
Dem zehnten flüstert zu der elfte,
Bekannt komm vor ihm kaum die Hälfte.
Nun ist ein Dutzend schon vereint,
In dem von jedem jeder meint,
Er könnt ihm, wer die andern wären,
Auf das genaueste erklären.
Doch, ohne daß sich wer entpuppe,
Zerstreut sich wiederum die Gruppe,
Sich neu zu ballen, neu zu trennen –
Und lauter Leute, die sich kennen!

Falsche Verbindung

Ein Mensch, am Abend, gegen zehn,
Just im Begriff, ins Bett zu gehn,
Wird angerufen, und sofort,
Eh selbst er sagen kann ein Wort,
Mit Redeschwällen, weibgesüßt,
Als wer, der er nicht ist, begrüßt.
Der Mensch vernimmt, noch ganz benommen,
Er werde doch kein Kind bekommen, –
Geängstigt hab sie sich genug –
Und noch im gleichen Atemzug
Wird er gemahnt, mehr aufzupassen,
Mit Urschi sich nicht einzulassen,
Dem Edi nichts davon zu sagen,
Sich nicht so komisch zu betragen,
Wie bei dem blöden Ausflug neulich –
„Jaja, da warst Du ganz abscheulich!"
Und ob er wieder lieb sein wolle
Und wann sie morgen kommen solle.
Der Mensch, von solchem Schwall bedrängt,
Hat ohne Antwort eingehängt.
Doch hat ihm in der Nacht geträumt,
Er hab sein großes Glück versäumt.

Einladungen

Ein Mensch in Wurmesqual sich windet,
Weil er, wie seine Gattin findet,
Die Schnacks – welch widriger Entschluß! –
Zum Sonntagsbraten bitten *muß:*
„Du weißt, seit fast zwei Jahren schon…"
Wild geht der Mensch ans Telefon –
Doch horcht!, wie jäh die Stimm er modelt
Und hocherfreut Frau Schnack bejodelt.
Auch diese, innerlich entgeistert,
Die Schrecksekunde kunstvoll meistert:
Ganz reizend! Nur, um zuzusagen,
Müßt sie doch ihren Mann erst fragen.
Herr Schnack, nach wilden Wutergüssen,
Knurrt: Nichts zu machen, Frau, wir müssen.
Frau Schnack spricht also wieder fern:
„Natürlich – wirklich rasend gern!"
Zwei Paare schätzen nun die Posten
Der mit dem Scherz verbundnen Kosten:
Hier sinds das Essen und der Wein,
Doch auch die andern sind nicht klein:
Die Blumen, Taxi hin und her,
Trinkgeld, Friseuse und noch mehr –
Nur zu dem Zwecke, daß man lügt
Und der Gesellschaftspflicht genügt.
Doch man versichert sich beim Gehn:
„Man sollte sich viel öfter sehn!"

Zu wenig und zu viel . . .

Ein Mensch, sonst feind dem Massenwahn,
Fährt eines Sonntags mit der Bahn.
Und sieh, es ist ein Mordsgeplärre
Und wüstes Drängen an der Sperre.
Der Mensch, zu stolz, sich zu beteiligen,
Wird weggestoßen von den Eiligen
Und obendrein noch roh bemängelt
Durch die Behauptung, daß er drängelt;
Just er, der fruchtlos Anstand predigt,
Wird selbst mit Rüpelei erledigt.
Der Mensch, in seiner Absicht löblich,
Erkennt, der Pöbel bleibt stets pöblich:
Der bisher Feine kommt in Zorn
Und knufft sich rücksichtslos nach vorn.
Vor Angst, nicht mitzukommen, blind,
Schont er jetzt weder Weib noch Kind,
Und rennt bei seinem Amoklaufen
Wild Greis und Säugling übern Haufen.
Er hat nun, was ihn selber schmerzt,
Sein Recht auf Vornehmheit verscherzt.
Ein Mensch sei – eine alte Regel –
Nicht unter Flegeln Oberflegel:
Er sei ein mäßiger Grobian,
Doch zielbewußt, von Anfang an!

Die Stubenfliege

Ein Mensch, von einem wilden Brummer
Gekitzelt aus dem Mittagsschlummer
Kriegt auf das Mistvieh eine Wut –
Doch er bedenkt – der Mensch ist gut! –
Daß dieses Tier an sich nicht schuldig:
Und darum fängt er es geduldig,
Wie frech's auch zwischen seiner Nase
Hintaumelt und dem Fensterglase.
Den unerwünschten Zimmergast
Läßt er ins Freie, zärtlich fast
Und ist von Herzen überzeugt,
Daß Gott, der doch die Welt beäugt,
Für gute Tat ihm dankbar sei. –
Doch sieh! Ein Vogel schwirrt vorbei
Und hascht, ganz selbstverständlich-roh,
Den Brummer, der so lebensfroh.
Der Mensch erkennt, daß gute Taten
Durch Gottes Ratschluß oft mißraten.

Zeitmangel

Ein Mensch hat, obzwar hilfsbereit,
Für seinen Nächsten nicht mehr Zeit.
Denn diese Zeit stiehlt ihm der Frechste –
Auch wenn er erst der Übernächste.

Nach Jahr und Tag

Ein Mensch begegnet, nach Jahrzehnten,
Dem Weib, dem brünstig einst ersehnten
Und, angesichts der Fleischesmassen,
Kann er es einfach nicht mehr fassen,
Daß so die Knospe aufgeblüht,
Die einst beunruhigt sein Gemüt.
Doch sieh! Die damals, ach, so kühle,
Schwimmt, schwelgt und schwärmt im Hochgefühle
Von süßen, unvergeßnen Stunden –
Die seinerzeit nicht stattgefunden.

Auch ...

Ein Mensch hat, immer hilfsbereit,
Dem guten Freund in schlechter Zeit
Den Weg zu einem Herrn vermittelt,
Der einflußreich und hochbetitelt.
Der Freund, gefördert unermeßlich,
Zeigt undankbar sich und vergeßlich.
Er rühmt dem Menschen stolz und gern,
Wie gut er kenne jenen Herrn –
Nur sei's, das woll' er nicht verhehlen,
Sehr schwer, ihm andre zu empfehlen.
Da trifft ihn jäh Erinnerungshauch:
„Ach so", sagt er, „den kennst Du auch!?"

Der Fehlschuß

Ein Mensch, beim Wein, wird stumm und stummer.
Der Freund bemerkt, der Mensch hat Kummer.
Bemüht, ihm diesen zu entlocken,
Bleibt still der Freund am Anstand hocken:
Das trauerträumrische Wehweh
Tritt aus dem Walde wie ein Reh.
Der Freund, der oft genug aufs Blatt
Mit scharfem Witz getroffen hat,
Schießt auf den scheuen Seelenschmerz
Und trifft ihn – aber nicht ins Herz.
Der Mensch – der Seelenschmerz – das Reh –
Wie sag ichs, daß man's recht versteh? –
Hat gramvoll, blutend sich gewendet
Und ist im Dickicht still verendet.

Mensch und Unmensch

Ein Mensch, der leicht zu kränken ist,
Wird rasch das Opfer roher List:
Ein Unmensch hats drauf angelegt,
Daß er des Menschen Zorn erregt,
Bis der, infolge schwacher Nerven,
Bereit ist, alles hinzuwerfen.
Der Unmensch brauchts nur aufzuheben,
Um ganz vergnügt davon zu leben.

Unverhoffter Erfolg

Ein Mensch, zum Wettlauf mitgestartet,
Hat Sieg und Ruhm sich kaum erwartet.
Was soll von sauerm Schweiß er triefen?
Genügt ihm doch ein „Ferner liefen..."
Schon hat er – und kanns selbst nicht fassen –
Die meisten hinter sich gelassen.
Nun strengt, am Ende fast der Bahn,
Verzweifelt er die Kräfte an:
Nur einer, aus dem Startgedränge,
Rennt ihm voraus, um Nasenlänge.
Vermutlich wär, noch als der letzt',
Der Mensch, der nichts auf sich gesetzt,
Gelassen blieben, neidlos-heiter:
Jetzt weint er schier – er ward nur Zweiter!

Selbstloser Rat

Ein Mensch, ganz scheußlich abgehetzt,
Schwört, in den Urlaub fahr er jetzt –
Wozu auch jeder Kunde rät:
Vielleicht schon morgen seis zu spät.
Sofort – schließt jeder seine Predigt –
Wenn *meine* Sache Sie erledigt,
Dann müssen Sie, mags schlecht auch passen,
Entschlossen alles liegen lassen!

Schicksal

Ein Mensch, aus Angst, er könnt den Schrecken,
Den Drachen, aus dem Schlafe wecken,
Den Lebensatem schier verhält:
Auf Zehen schleicht er durch die Welt.
Nur einmal er daneben tappt:
Schon hat das Scheusal ihn geschnappt.
Ein Unmensch trampelt dreist und dumm
Dem Schicksal auf dem Bauch herum:
Das rührt sich höchstens, um den Rachen
Einmal zum Gähnen aufzumachen,
Schläft weiter, schon vom Menschen satt,
Dens grade aufgefressen hat.
Der Unmensch treibts noch Jahr um Jahr –
Ganz ohne Ahnung der Gefahr.

Vorsicht!

Ein Mensch, bei Nacht und Nebel hätte
Geraucht gern eine Zigarette –
Doch es gelingt ihm nicht – verdammt! –
Daß er das Zündholz recht entflammt.
Fort wirft ers und fängt an, zu fluchen:
„Der Teufel!“ ruft er, „mags versuchen!“
Flugs zeigt der Teufel seine Kunst:
Den Wald verschlingt die Feuersbrunst.

Am Tisch des Lebens

Ein Mensch tät sich noch gerne gütlich,
Doch wirds am Tische ungemütlich:
Auf seinen Eßplatz wartet schon
Die nächste Generation,
Mit großem Löffel, spitzer Gabel,
Das Messer wetzend wie den Schnabel.
Der Mensch, der – was noch unvergessen! –
Manch zähes Zeug hineingefressen
Und der es oft schon satt gehabt,
Hätt zwar grad jetzt sich gern gelabt,
Wo es vorübergehend besser –
Doch schaut er sich die neuen Esser
Nicht ohne tiefe Rührung an:
Er sieht den holden Jugendwahn,
Der zu verspeisen sich getraut,
Was er, als Greis, nicht mehr verdaut.
Freiwillig rückt er sich ins Eck
Und trinkt sein letztes Schöpplein weg.
„Denn“, sagt er sich, bescheiden-klug:
„Viel oder wenig war – genug!
Auch diesen wird nicht ungemischt
Des Lebens Freude aufgetischt.
Geb Gott nicht allzu grobe Brocken –
Laßt munter sie beisammenhocken,
Bis auf den Platz die nächsten kommen,
Den ich auch – zeitweis – eingenommen.
Gespeist – gezahlt: nun bin ich quitt
Und wünsche Guten Appetit!“

...TIEFERE BEDEUTUNG

Ein Mensch hofft gern, daß kluge Leute
Selbst sehn, was Tieferes bedeute.
Drum folgt jetzt, ohne weitres Gleichnis,
Nur noch das *Überschrift-Verzeichnis.*

Scherz

Satire

Ironie

Tiefere Bedeutung